The Special Kuri-kinton Case

하

秋期限定
栗きんとん
事件

**SHUKI GENTEI KURI-KINTON JIKEN**
(THE SPECIAL KURI-KINTON CASE)
**by Honobu YONEZAWA**

Copyright ⓒ 2009 by Honobu YONEZAWA
First published in Japan in 2009 by TOKYO SOGENSHA CO., LTD.
Korean translation rights arranged with TOKYO SOGENSHA CO., LTD.
through Shinwon Agency Co.

요네자와 호노부

*The Special Kuri-kinton Case*

秋期限定
栗きんとん
事件

가을철
한정
구리킨톤
사건

하

김선영 옮김

엘릭시르

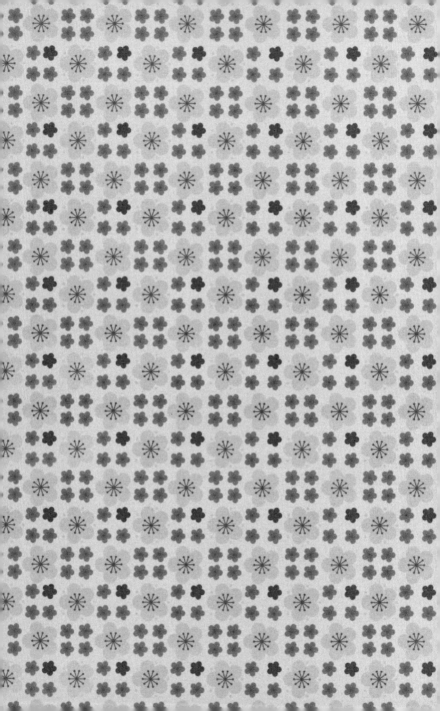

The Special
Kuri-kinton
Case

차

례

제 4 장  의혹의 여름  007

제 5 장  한여름 밤  131

제 6 장  돌아온 가을  231

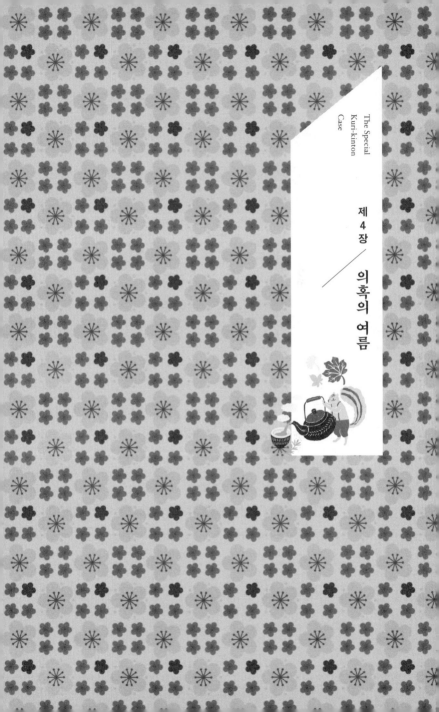

The Special
Kuri-kinton
Case

제 4 장 / 의혹의 여름

# 1

(5월 1일 《월간 후나도》 8면 칼럼)

필자가 지속적으로 쫓고 있는 연쇄 방화 사건은 그칠 기미도 없이 여전히 그 마수를 뻗쳐오고 있다. 4월 12일, 하나야마 상점가 한 곳에서 불길이 치솟았다. 불에 탄 것은 아파트 주차장에 세워놓았던 스쿠터. 주택 밀집 지역인 만큼 그간의 사건보다 한층 흉악하다고 할 수 있다. 소방대가 곧바로 출동해 다행히 큰 사고로 번지지는 않았다. 우리 신문부는 이 화재 역시 일련의 연쇄 방화 사건이라는 사실을 밝혀냈다. 비열한 범인은 꼬리를 완전히 감추지 못했다. 연쇄 방화인가, 그렇지 않으면 실화失火인가, 혹은 철없이 사건을 모방한 어리석은 자의 소행인가. 우리는 한눈에 알아볼 수 있다. 하지만 이 연쇄 방화는 어떻게 해야 막을 수 있을까? 범인은 아마도 다음 장소로 가미노마치 1가 혹은 2가를 노릴 것이다. 그렇지만 좌시한다는 것은 결국 사태를 용인하는 꼴이 되지 않을까? (우리노 다카히코)

기사는 큰 반향을 불러일으키고 있다. 독자는 확실히 늘고 있다.

지금까지 《월간 후나도》를 뿌린 날은 교실 쓰레기통이 터져나갈 정도였다. 이번 달에도 버려지는 부수가 많기는 했지만 읽는 학생들의 모습도 드문드문 보였다.

인쇄 준비실에도 손님이 늘었다. 무심코 버린 《월간 후나도》를 새로 받고 싶다는 학생. 입학 전 과월호를 읽고 싶다는 1학년. 여학생 둘이 찾아왔을 때는 정말 놀랐다.

"어떻게 다음 범행 현장을 아는 거예요? 수상해요!"

지금은 사라지고 없는 학생 지도부 교사 닛타와 똑같은 소리를 했다. 물론 기사 작성상의 기밀 유지를 이유로 정중히 돌려보냈다.

연쇄 방화의 규칙은 절대적으로 대외비다. 부원들의 입단속도 철저히 했다.

표면적인 이유는 모방범 방지. 도지마 선배의 말처럼 만약 《월간 후나도》 기사를 토대로 모방범이 나오면 큰일이라고 으름장을 놓았다. 물론 진짜 이유는 그게 아니다.

　진짜 이유는, 아마 모두들 알고 있을 것이다.

　유효기간은 길수록 좋다.

　5월에 접어들자 새로운 체제도 자리를 잡았다.

　자극적인 기사가 제대로 부채질을 했는지 신입부원은 절로 모여들었다. 다섯 명이 입부했다.

　속내를 말하자면 두 배는 와주길 바랐다. 남자뿐인 것도 다소 아쉬웠다. 여학생도 들어오면 시야가 넓어져서 좋았을 텐데, 이것만큼은 어쩔 수가 없다.

　강하게 붙들면 유령 부원 정도는 되어줄 듯한 여학생이 한 명 견학하러 오기는 했는데 억지로 붙들지는 않았다. 앞으로 신문부는 정예부대가 되어야만 한다. 별 의욕도 없는 녀석은 들어오지 않아도 된다. 도지마 선배가 그만둔 뒤에 몬치도 금방 그만두었다. 그러는 편이 서로에게 좋다.

　내가 부장이 되고 처음 여는 편집회의. 운영 방침을 발표할 의무가 있다. 다섯 명의 1학년과 이쓰카이치를 둘러보며 천천히 입을 열었다.

"편집회의를 시작하기 전에 미리 한 가지 말해두겠다. 지금 신문부는 중요한 기로에 서 있어. 재작년까지 《월간 후나도》는 한 달에 한 번, 어느 틈엔가 책상 위에 놓여 있을 뿐인 휴지조각이었다."

침울하게 설명하다가 짐짓 목에 힘을 주었다.

"그랬던 게 작년에 바뀌었다. 그 변화가 제대로 자리를 잡고, 후나도 고등학교 학생들이 《월간 후나도》를 기다려줄 것인지는 신입부원 여러분의 활약에 달려 있다. 당분간 기본적인 작업을 배우도록. 한차례 교육이 끝나면 총력을 다해 작년부터 다루고 있는 핵심 기사에 대단원의 막을 내리고자 한다."

신입부원들은 얌전히 듣고 있었다. 쓸 만한 녀석들인지는 아직 모르겠지만 적어도 남의 이야기를 경청할 줄 안다는 것은 좋은 일이다.

"지금 《월간 후나도》가 연쇄 방화범을 쫓고 있다는 건 알고 있지?"

저마다 보일 듯 말 듯 고개를 끄덕였다.

잠시 뜸을 들였다가 금년도 활동 목표를 선언했다.

"신문부에서 그 범행을 저지할 것이다. ……가능하면, 체포하겠다."

자리가 희미하게 술렁거렸다. 그렇게까지 나올 줄은 몰랐던 모양이다. 1학년 한 명이 쭈뼛쭈뼛 손을 들었다.

"그런 게 가능한가요?"

"가능하고말고."

그렇게 단언했다.

나는 가방에서 서류철을 여섯 권 꺼냈다. 백 엔이면 살 수 있는 싸구려 서류철. 어차피 동아리 운영비로 사니까 조금 더 튼튼한 걸 사도 됐는데, 복사비에 돈이 드는 바람에 비품에서는 돈을 아꼈다.

서류철을 각자에게 나눠주었다.

"여기에 내가 지금까지 수집해온 거의 모든 데이터가 들어 있다. 흑백 복사라 사진은 알아보기 힘들겠지만, 이 데이터와 너희의 도움이 있으면 반드시 범인을 몰아세울 수 있어."

이쓰카이치가 서류를 팔락팔락 넘기며 기가 막힌다는 투로 말했다.

"이걸 혼자서 전부 복사한 거야? 끈기가 대단하다⋯⋯."

말마따나 복사도 양이 많아지니 꽤 중노동이었다. 실은 히야가 도와주었지만, 조금 허세를 부려 아무 말도 하지 않았다.

서류에는《월간 후나도》과월호도 포함되어 있다. 현장 사진과, 현장을 본 두서없는 감상. 증언도 있지만 아직까지 증인은 원예부 사토무라 한 사람뿐이다. 신문 지역면이나 사회면에서 사건을 어떻게 다루고 있는지도 전부 정리해놓았다. 물론 범인의 행동 지침인 '방재 계획'도 필요한 부분은 복사해놓았다.

"이게 우리가 가진 전부야."

이 말에 얼마나 큰 의미가 담겨 있는지 1학년들은 모를 것이다. 선배들이 있었을 때는 내가 가진 정보를 전부 내놓지 않았다. 도지마 선배나 몬치에게 내 아이디어를 빼앗기기 싫었기 때문이다.

하지만 사정이 바뀌었다. 신문부원들은 내 손발이 되어주어야 한다. 정보는 숨기지 않는다. 물론 거기에 숨겨진 연관성까지 써놓지는 않았다. 그 점은 1학년들이 스스로 깨달아야 할 부분이다.

보여주었는데도 모른다면 어쩔 수 없다. 그 녀석이 쓸모없는 인재라는 뜻일 뿐이다.

"그러고 보니 이번 달에는 범인이 가미노마치를 노릴 거라고 썼던데요."

유일하게 안경을 쓴 1학년이 말했다. 신문부원으로서 최신호를 살펴보는 자세는 훌륭하지만 정확성이 부족하다. 나는 낮은 목소리로 정정했다.

"가미노마치 1가 아니면 2가야. 3가는 상관없어."

"어째서요?"

"너는…… 이치하타라고 했나? 그 서류들을 읽어보면 알아."

다시 한번 부원들을 쭉 둘러보았다. 몇 명은 이미 서류를 읽기 시작했다. 나는 책상에 손을 얹고 깍지를 꼈다.

"이유는 나중에 각자 확인하도록 하고, 다음 방화 현장은 가미노마치 1가 혹은 2가가 틀림없다. 게다가 범행일, 범행 시간까지 짐작할 수 있어."

1학년들의 시선이 다시 내게 집중되었다.

"5월 9일 금요일 심야. 아마도 0시 이후일 테니 정확히는 10일 토요일. 방화범은 그날 나타난다. 우리는 일곱 명이다. 할 수 있고말고."

1학년보다는 경험이 있는 이쓰카이치가 건네받은 서류철에서 기라 시 지도를 찾아내 뚫어져라 살펴보더니 중얼거렸다.

"1가, 2가라고 하니 안 넓을 줄 알았는데…… 범위가 꽤 되네."

한 1학년이 말했다.

"마을 한복판을 크게 차지하고 있는 형세인데 일곱 명으로 어디까지 감시할 수 있을지 불안한데요."

가벼운 말투에 조금 짜증이 났지만 나는 그 발언을 인정했다. 확실히 가미노마치는 넓다. 때문에 '방재 계획'에도 있듯 기라 시 소방서 가미노마치 분서는 3가까지 관리하지는 않는 것이다.

"그래. 그렇기 때문에 방화범이 노릴 만한 대상을 찾아내 집중적으로 감시하는 거야."

"일시, 장소, 목표물까지 알아요?"

나는 안경 쓴 1학년이 깜짝 놀라 내지른 목소리에 만족감을 느끼며 끄덕였다.

"취재와 검토로 대강은……. 그렇게 정확하지는 않아."

첫 번째 편집회의에서 기억이 오락가락하는 모습을 보여서는 안 된다. 나는 입술을 축이고 신중하게 말했다.

"베어낸 풀더미, 공원 쓰레기통, 폐자재, 버려진 자전거, 버려진 자동차, 버스 정류장 벤치, 아파트에 있던 스쿠터. 불이 난 순서다. 차츰 생활공간에 다가서고 있다고 할 수 있겠지. 달리 말하면 범행은 점점 더 흉악해지고 있어."

신입생들 사이에 자그마한 동요가 일었다. 나는 곧바로 이어 말했다.

"즉 아파트 주차장에 세워놓았던 스쿠터보다 더 큰 화재가 일어날 가능성이 크다."

"예를 들면……?"

이쓰카이치가 물었다. 나는 어깨를 으쓱하며 대답했다.

"글쎄. 대상을 딱 집어내지는 못하겠어. 하지만 방침이 전혀 없는 것보다는 낫잖아."

웃음을 짓자 팽팽했던 부실의 분위기가 조금 누그러졌다. 생각해보면 도지마 부장 시절에는 이렇게 부장이 솔선해 분위기를 개선한 적이 한 번도 없었다.

좋아, 할 수 있다. 나는 가볍게 손뼉을 쳤다.

"후나도 고등학교 신문부, 불후의 업적을 세워보자! 우리 손으로 하는 거다. 일단 모두 연락처를 교환해."


그리고 5월 9일 금요일, 심야. 기라 시 가미노마치.

길모퉁이 그늘에 숨은 내 휴대전화에 문자가 연달아 들어왔다.

이치하타로부터 "2가 삼거리 부근에 있습니다."

1학년 혼다로부터 "예정한 지점에 도착했습니다."

마찬가지로 1학년 하라구치로부터 "준비됐습니다."

그리고 이쓰카이치로부터 "1가 가미노마치 세 번째 교차로 부근."

어디서 대기하는지 연락하라고 했는데 지시를 따른 건 이치하타와 이쓰카이치뿐이다. 설명해줬는데도 이해를 못 했나. ……뭐, 됐다. 오늘밤 중요한 건 머리가 아니라 눈이다.

오늘은 일곱 명이서 감시할 예정이었다. 하지만 문자는 네 건. 편집회의가 끝나자 아직 이름도 듣지 못한 1학년 하나가 뻔뻔한 얼굴로 이렇게 말했다.

"이렇게 본격적으로 활동하는 동아리인 줄 몰랐어요. 그만둘래요."

굳이 붙잡지 않았다.

또 한 명, 신문부를 그만두지는 않았지만 이번 감시에 참가하지 못한 녀석이 있다. 집이 엄격하다고 했다. 가미노마치에는 일부 번화가가 있다. 한밤중에 나돌아 다니다가 청소년 선도에 걸리지 않으리라는 보장은 없다. 싫다는 녀석을 억지로 끌어올 수는 없었다.

순찰 수단은 자전거. 도보로는 무슨 일이 생겨도 때를 놓친다.

한 장소에 가만히 있으면 당연히 의심을 산다. 일단 내가 순찰할 코스를 짰다. 주택가 골목을 빠져나가 우회 도로를 하나 건넌다. 커다란 십자로 중앙이 공원처럼 정비되어 있고, 하얀 기둥 위에 시계가 걸려 있다. 바늘은 11시 47분을 가리키고 있었다. 슬슬 0시가 가까워지고 있다. 고가선로 가드레일 밑을 멀찍이서 살펴보았다. 사실은 고가를 따라 가드레일 밑을 순찰하며 감시하고 싶었지만 가로등 불빛도 드물고 가게도 적은데다가, 펜스만 쳐놓은 공터와 주차장이 즐비해 아무래도 분위기가 심상치 않았다. 방화범을 잡으러 왔다가 밤에 어슬렁거리는 불량배들에게 붙들리면 낭패다. 적당히 거리를 두고 지켜보기로 했다.

방향을 180도 바꾸어 우회 도로를 따라 조금 달려 다시 주택가로 돌아왔다. 한 바퀴 도는 데 십 분쯤 걸리는 순찰 코스였다. 트럭이나 밴이 이따금 우회 도로를 지나갔지만 주택가는 깊은 잠에 빠져 있었다.

첫 번째 순찰에서 방화범이 불을 지를 만한 곳이 없나 살폈다. 내일이 쓰레기 수거일인지 쓰레기장에 비닐봉투가 몇 개 보였다. 연쇄 방화 사건 소식을 모르는 건지, 알면서도 자기가 피해를 입을 가능성은 생각하지 않는 건지, 현관 앞에 낡은 신문지와 종이 상자를 뭉텅이로 내놓은 아파트도 있었다. 그 더미에 불이 붙으면 최악의 경우 아파트 한 채가 몽땅 타버릴 수도 있다.

작은 십자로에는 "교통사고 발생, 목격자 제보 구함"이라고 적힌 입간판이 있었다. 만져보니 얇은 플라스틱 재질이었다. 이것도 마음만 먹으면 태울 수 있다.

그렇게 관찰하다가 그만 괴상한 신음을 흘리고 말았다.

"끅."

어둠 속, 자전거 사이드미러에 붉은빛이 힐끗 반사되었던 것이다.

불이 아니다. 경광등이다. 순찰차가 경광등을 켜고 좁은 길을 천천히 달리고 있었다.

놀랐고, 이어서 화가 났다. 경찰이 순찰을 하고 있는 것이다. 평소에도 그랬을지도 모르지만, 어쩌면 연쇄 방화 사건을 의식한 조치일지도 모른다.

저렇게 요란한 불빛을 쏘아대면 범인이 겁을 집어먹을지도 모른다. 굳이 설명할 필요도 없지만 방화범이 무슨 짓을 저지르기 전에는 사진을 찍을 수도, 붙잡을 수도 없다.

"냉큼 꺼져!"

혼잣말처럼 욕지거리를 했다.

한편으로는 제발 이쪽으로 오지 말라고 빌었다. 아무리 정당한 이유를 대더라도 고등학생이 한밤중에 어슬렁거리는 꼴이니 경찰에 들키면 떳떳하지 못하다.

순찰차는 도중에 골목으로 들어가 점점 멀어졌다. 아마 내 모습도 보지 못했을 것이다. 자전거 사이드미러 덕분에 살았다.

나도 순찰을 다시 시작했다. 저런 순찰차가 잔뜩 돌아다닌 다면 오늘밤은 허탕일지도 모른다고 생각하면서.

5월 초라 깊은 밤에는 아직 쌀쌀했다. 하물며 꽃샘추위라 고 해야 하나, 오늘밤은 특히나 더 추웠다. 자전거로 바람을 가르는데 얇은 윈드점퍼 한 장으로는 견디기 힘들었다. 도중 에 자판기 불빛이 마음을 유혹해 다가가 보았더니 전부 시원 한 음료였다. 분명 우회 도로변에 편의점이 있었는데. 두 번 째 순찰 때 따뜻한 음료를 좀 사야겠다. 그렇게 생각하는 사 이 어느새 출발 지점으로 돌아왔다.

"후우……."

가볍게 한숨을 쉬고 두 번째 순찰을 시작했다.

너무 빨리 달리면 단서를 놓칠지도 모른다. 천천히 페달을 밟는데 다른 녀석들 상황이 궁금해졌다. 이상이 있으면 문자 를 보내고, 긴급 시에는 전화를 하라고 했는데 휴대전화는 조 용했다. 지루하지는 않았지만 달리기만 해서는 별 의미가 없 는 것 같아 일단 자전거를 세우고 휴대전화를 조작해 문자를 보냈다.

현재 가미노마치 1가 순찰중. 범인을 체포하면 인터뷰 때 뭐라 고 하는 게 좋을까?

수신자는 히야 유토. 오늘 감시에도 부르고 싶었지만 "혹시나 내가 범인을 잡으면 나 혼자만의 공적이 되잖아. 신문부, 아니 우리노의 꾸준한 노력을 무시하고 그럴 수는 없어"라며 거절했다. 맞는 말이다. 히야의 배려가 고마웠다.

문자를 보내자 발신 시간이 찍혔다. 그걸 보고서야 비로소 날짜가 5월 9일 금요일에서 10일 토요일로 바뀌었다는 것을 깨달았다.

몇 분 지났지만 답장은 오지 않았다. 히야에게 문자를 자주 보내는 건 아니지만 답장이 늦는 편은 아니었는데. 뭐, 이제 곧 새벽 1시니 잠들었는지도 모른다. 그런 생각이 들 즈음 겨우 답장이 왔다.

냉수 마시기엔 좀 추울 텐데. 그나저나 멋진 밤이야.

아무래도 히야가 잘못 입력한 것 같아 바로 답장을 보냈다.

이쪽은 초조한 밤이야. 뜬금없이 냉수는 왜?

그렇게 보낸 다음 자전거에 올라타 페달을 밟다가 금방 깨달았다. 히야는 '냉수 먹고 속 차리라'고 말하고 싶은 것이다. 솔직히 부정할 수는 없다. '이렇게 추운 밤에 순찰을 돌려면 긍정적인 생각이라도 해야지'라고 보내려다가 히야의 답장을 기다리는 게 나을 것 같아 그대로 자전거를 몰았다.

우회 도로를 가로지르는 횡단보도가 나왔다. 네거리에 있는 하얀 시계 기둥을 올려다보았다. 11시 47분. 이제 곧 0시다. ……아니, 이상하다. 아까도 그렇게 생각했는데? 휴대전화 시계가 잘못되었을 리는 없다. 저 시계가 고장난 것이다. 모처럼 공원에 어울리는 디자인으로 멋지게 만들어놓고 시설 관리가 형편없다.

여기를 건너 가드레일 밑을 살펴보러 갈 것인가, 아니면 이대로 우회 도로를 따라 자전거를 몰아 편의점으로 갈 것인가, 잠시 망설였다. 붉은 신호를 보고 있으려니 휴대전화가 부르르 떨렸다. 히야의 답장인 줄 알았는데 진동은 멈출 줄을 몰랐다. 문자가 아니라 전화라는 걸 깨닫고 허둥지둥 자전거에서 뛰어내려 휴대전화를 꺼내자 화면에 예상치 못한 이름이 떠 있었다.

오사나이 유키.

오사나이가 이 시간에 내게 전화를?

여자친구의 전화는 당연히 언제든지 기쁘다. 지금도 얼굴이 헤벌쭉 늘어졌다. 하지만 바로 생각을 가다듬었다. 오사나이는 지금까지 한 번도 한밤중에 전화를 한 적이 없다. 아니, 문자는 그렇다 치고 전화 자체를 받아본 기억이 없다.

무슨 일이라도 있나?

생각보다 날씨가 추워 손이 곱았다. 마음도 급하다 보니 휴대전화 단추를 누르는 데 고생했다. 그러는 사이에도 진동은 멈추지 않아서, 전화를 꺼냈을 때는 신호가 몇 번이나 울렸는지도 모를 정도였다. 숨을 삼키고, 한마디.

"여보세요?"

"아, 우리노, 드디어 받았네."

생각보다 밝은 목소리였다. 다행히 나쁜 소식은 아닌 모양이다.

"무슨 일이야, 이렇게 늦게?"

"응. 깨어 있을 줄 알았거든."

평소에는 되도록 일찍 자려고 노력하는 편이다. 오사나이가 내 수면 시간을 몰라도 이상할 건 없지만.

"맞아, 오사나이는 뭘 하고 있었어?"

"책을 읽고 있었어. ……우리노, 그냥 깨어 있기만 한 게 아니지? 지금 뭘 하고 있는지 맞혀볼까?"

장난기 섞인 목소리. 나는 자전거를 밀면서 우회 도로를 따라 천천히 걸었다.

"어디 말해봐. 하지만 아마 못 맞힐걸?"

"그래?"

대형 트럭 한 대가 옆을 지나갔다. 타이어 소리와 엔진 소리가 전화기 너머에도 들린 모양이다. 키득거리는 웃음소리가 들렸다.

"자신 있는데."

"말해봐."

"음."

잔뜩 뜸을 들이더니.

"……가미노마치에서, 순찰 돌고 있지?"

발이 우뚝 멈췄다.

또 한 대, 이번에는 스포츠카가 우회 도로를 쏜살같이 달려갔다. 고막을 찢는 엔진 소리는 분명 전화 너머 오사나이에게도 들릴 것이다.

"소리로 알았어?"

또 웃음소리.

"아니. 오늘밤 그럴 것 같았거든."

나중에 성과가 나면 자랑해 깜짝 놀래주려고 오사나이에게는 순찰 이야기를 하지 않았다. 하지만 신문부에서 방화범을 체포할 거라는 말은 한 적이 있다.

방화범이 두 번째 금요일 심야에 활동한다는 사실은 《월간 후나도》에 쓰지 않았는데, 아무래도 오사나이는 스스로 그 결론에 다다른 것 같다. 기사를 꼼꼼히 읽으면 알 만한 사실이지만.

행동을 들켰다는 사실에 조금 놀랐지만 생각해보면 다 설명할 수 있는 일이다. 딱히 이상하지는 않다.

"맞아. 제법 추워."

"응. 오늘밤은 춥네. 겉옷이 필요하겠어."

휴대전화를 다른 손에 바꿔 들었다.

"날 말리려고 전화한 거야?"

"응?"

"지난번에 내가 방화범을 잡겠다고 말했을 때 심하게 반대했잖아. 오늘도 그러려고 전화한 거 아니야?"

오사나이는 예상외로 토라진 목소리로 답했다.

"아니야. 전에 그만두라고 하긴 했지만, 오늘은 그런 말 할 생각 없어."

"그럼?"

"오늘밤은 추우니까 감기 걸리지 않게 조심하라고 말하려고 했어. 내가 걱정하는 게 싫어?"

오사나이가 토라진 모습은 본 적이 없다. 어떤 표정으로 저런 말을 하는 걸까? 그런 생각을 하자 이게 전화 통화라는 사실이 못내 아쉬웠다. 기뻐서 웃음이 나올 정도였다.

"그럴 리 없잖아. 고마워."

"응. 조심해, 그리고 힘내. 나도……."

갑자기 잡음이 끼어들어 오사나이의 목소리를 거의 알아들을 수 없었다.

순간 또 대형 차량이 우회 도로를 지나간 줄 알았다. 타이어와 엔진 소리 때문에 다른 소리가 들리지 않는 거라고. 그런데 아니었다. 오사나이 쪽에서 큰 소리가 들렸다. 낯선 소리는 아니었다. 규칙적이면서도 묵직한 소리. 철도다. 열차 소리가 오사나이의 목소리를 지웠다.

목소리가 제대로 들리지 않는다는 것을 깨달았는지 오사나이는 이야기를 멈추었다. 소리가 그칠 때까지 몇십 초 동안 나는 그저 조용히 휴대전화에 귀를 기울이고 있었다. 오사나이도 그랬을 것이다.

예기치 못한 방해로 흥이 깨진 걸까. 열차 소리가 잦아든 후에 들려온 것은 단 한마디뿐이었다.

"배터리가 다 됐어."

그리고 전화는 뚝 끊겼다.

오사나이가 나를 염려해주었다는 게 기뻤다. 만약 이때 누가 나를 관찰했다면 싱글거리는 얼굴을 보고 분명 기분 나빠했을 것이다. 스스로도 헤벌쭉하다고 자각할 정도였다.

다행이라고 해야 할까, 싱글거리던 웃음은 오래가지 않았다. 오사나이에게 전화를 받고 채 몇 분도 지나지 않아, 따뜻한 음료를 찾아 편의점으로 가는 길에 또 휴대전화가 울린 것이다.

오사나이가 깜빡 잊은 말이 있어 다시 전화한 줄 알았다.

아니었다.

"혼다?"

화면에 뜬 이름은 '혼다'. 1학년 부원의 전화였다.

혼다라는 녀석에 대해서는 아직 특별한 인상이 없었다. 큰 도움은 안 될 것 같다는 인상이 전부였지만, 순찰을 도는 신문부원의 연락이다. 휴대전화를 쥔 손에 힘이 들어갔다.

전화가 연결되자마자 혼다가 속사포처럼 외쳤다.

"선배, 선배! 당했어요, 방화입니다! 젠장, 불길이 너무 세서 손을 쓸 수 없어요!"

혼란에 빠진 혼다에게서 장소를 알아내는 데 귀중한 일 분을 허비하고 말았다.


불에 탄 것은 버려진 자전거였다. 버려진 자전거는 1월에도 표적이 되었다. 그렇지만 범행이 조금씩 흉악해지고 있다는 규칙이 깨진 것은 아니다. 고가 밑 공터에 십여 대의 자전거가 차곡차곡 쌓인 채로 불길에 휩싸여 있었다.

나를 본 혼다가 울먹이는 목소리로 외쳤다.

가을철 한정 구리킨톤 사건 (하)

"선배, 제가 왔을 때는 이미 이렇게……."

한심스러운 목소리를 무시하고 불을 뚫어져라 쳐다보았다.

불길이 거셌다. 자전거가 이렇게 잘 타는 물체인 줄 몰랐다. 그렇게 생각하다가 곧 그럴 리 없다는 것을 깨달았다. 금속 재질인 자전거가 훨훨 타오를 리 없다. 실제로 지난달 불에 탄 스쿠터는 불길에 약한 안장 부분만 불에 탔다.

그렇다면 눈앞에서 불에 타고 있는 것은 아마도 기름일 것이다. 방화범은 버려진 자전거를 쌓아놓고 기름을 뿌린 뒤 불을 지른 것이다!

"다, 다른 애들도 부를까요?"

아무래도 혼다는 가장 먼저 내게 연락한 뒤에 다른 부원들에게는 알리지 않은 모양이다. 보고 순서를 지킨 점은 칭찬해줘야겠지만…….

"그 정도는 알아서 판단해."

"아, 예."

혼다가 시무룩하게 휴대전화 단추를 눌렀다.

그 모습을 보다가 퍼뜩 정신이 들었다. 오늘밤은 방화 현장을 발견하기 위해 순찰한 게 아니다. 꾸물꾸물 문자를 찍고 있는 혼다에게 외쳤다.

"그런 건 나중에 해! 범인은 어떻게 됐어? 못 봤어?"

혼다가 움찔 얼어붙더니 고개를 푹 숙였다. 목소리가 들리지 않는다.

"똑바로 말해!"

"못 봤어요. 제가 왔을 때는 벌써 훨훨 타고 있었어요!"

나는 혀를 찼다. 다섯 명이서 감시망을 펼쳤는데 범행 현장을 잡지 못하다니. 아니, 아직 늦지 않았을지도 모른다.

"모두……."

불러모아서 주변을 수색하자고 말하려던 차에 사이렌 소리가 들렸다. 소방차인가? 아니면 순찰차?

"아, 왔다……."

구원의 신이라도 만난 것처럼 긴장이 풀린 얼굴로 웃는 혼다를 꾸짖었다.

"지금 그런 소릴 할 때야? 젠장, 너무 빨라!"

"네?"

"달아나야 할 것 아냐! 현장에 가장 먼저 도착했는데, 아직 아무것도 조사하지 못했는데!"

"하, 하지만……."

혼다가 뒷걸음질을 치며 변명했다.

"우리가 불을 지른 게 아니잖아요."

"뭐라고 설명할 건데? 저게 경찰이면 어떻게 하려고? 단순한 야간 순찰 차량이라고 해도 수상하게 여길 거야!"

나는 머리를 굴렸다. 필사적으로 굴렸다. 이렇게 된 이상 달아나는 수밖에 없다. 지금 다가오는 게 아까 보았던 순찰차인 것만 같았다.

하지만 이대로 달아나버리면 오늘밤 순찰은 아무 성과도 거두지 못한다. 무능한 후배에 대한 화를 억누르고 명령했다.

"다른 녀석들에게 연락해. 문자 말고 전화로, 소방차가 왔으니 집으로 돌아가라고 해. 경찰한테도 들키지 않게 조심하라고 하고."

"예……."

"당장!"

버럭 소리를 지르고 다시 현장에 눈길을 돌렸다.

고가 밑은 철제 펜스로 둘러싸여 있지만 길이가 짧아 빈틈이 있었다. 거기로 사람들이 자전거를 가지고 들어가 주차장, 혹은 폐기장으로 쓰는 듯했다. 잡초에도 불이 붙어 같이 타고 있는 것 같았다. 공터에 있던 자전거에 모조리 불을 지른 게 아니라 손에 닿는 대로 그러모아 불을 붙인 모양이다. 몇 대는 발길질에 넘어간 것뿐인지 불은 붙지 않았다.

주위를 살폈다.

혼다는 모른다.

아무도 모른다.

자료는 넘겨주었으니 주의깊게 읽으면 알 수 있는 사실인데, 아무도 모른다. 그건 그들의 능력 문제니 어쩔 수 없는일이다. 하지만 나는 알고 있다.

방화범은 현장에 표식을 남긴다.

큰 표식은 아니다. 놓쳐도 그런가 보다 할, 작은 표식. 하지만 나는 그것을 찾아냈다. 이번에도 있을 터였다.

다급하게 외쳐대는 혼다의 목소리, 다가오는 사이렌을 의식하며 나는 재빨리 현장을 관찰했다. 환한 불길에 무심코 빨려드는 시선을 필사적으로 떼어냈다. 시야를 더 넓혀야 한다. 넓게⋯⋯.

그리고 발견했다. 철제 펜스에 붙은 "출입 금지" 금속 간판.

작은 홈이 잔뜩 나 있었다. 작고 단단한 물체로 여러 번 찍은 흔적이다. 나는 그 '작고 딱딱한 물체'가 무엇인지 안다. 간판에는 홈뿐만 아니라 오른쪽 위에서 왼쪽 아래로 긁은 듯한 새로운 흔적도 있었다. 그 부분만 페인트가 벗겨져 원래의 금속 빛깔이 보였다.

이것이 표식이다. 틀림없다. 이번 화재도 방화범의 소행. 그리고 후나도 고등학교 신문부는 놈을 놓치고 말았다.

분하다. 하지만 시간이 없다.

"어이, 그만 뜨자!"

혼다는 뭔가 말하고 싶은 눈치로 이 판국에도 여전히 꾸물거리고 있었다. 나는 더이상 개의치 않고 자전거에 올라탔다.

# 2

　이야기할 내용은 정했지만 장소가 문제였다. 학교 안이 가장 만만하지만 자칫 입이 무거워질 수 있다. 그렇다고 커피가 맛있는 카페에서 이야기하려니 너무 점잔을 빼는 것 같아 선뜻 내키지 않았다.

　고민 끝에 방과후 겐고의 교실, 3학년 E반을 빌리기로 했다. 예전에도 생각했지만 남의 교실이란 정말 거북하다. 겐고 자리에 앉아 불안하게 몸을 꼼지락거렸다.

　다행히 오래 기다릴 필요는 없었다. 견실한 겐고답게 약속 시간에 딱 맞춰 부탁한 인물을 데려와주었다.

　이번 사건의 핵심 인물. 신문부 2학년, 이쓰카이치.

　이쓰카이치는 움푹 꺼진 눈이 인상적인 소년이었다. 키가 그리 작은 편도 아닌데 자세가 엉거주춤해서 겐고 옆에 서니 몹시 왜소해 보였다. 물론 도지마 겐고와 나란히 서서 덩치를 겨룰 사람은 운동부에도 몇 안 되겠지만.

"데려왔어."

평소와 다름없이 굵은 목소리로 말하는 겐고에게 나는 평소 이상으로 부드러운 미소를 던졌다. 이쓰카이치는 잔뜩 불안한 기색으로, 여기로 오는 길에 이미 몇 번은 물었을 질문을 또 던졌다.

"저, 부장, 아니다, 선배. 왜 부르셨어요?"

겐고는 약간 지긋지긋하다는 투로 짧게 대꾸했다.

"나도 몰라. 이 녀석이 할말이 있대."

저런 자세는 곤란한데. 겐고는 내 편에 붙어, 내가 하는 말이 곧 겐고가 하는 말로 받아들여져야 하는데. 애초에 모른다는 게 말이 안 된다. 사전에 미리 설명했다. 다소 말이 부족했을지도 모르지만.

뭐, 이제 와서 눈치 없는 겐고를 탓해 뭐하랴. 나는 싱긋 웃으며 이쓰카이치에게 자리를 권했다.

"일단 앉아. 미안해, 방과후에 불러내서."

"아뇨……"

"나는 고바토라고 해. 겐고 부탁으로, 이것저것 조사를 좀

하고 있어. 이 녀석도 참 너무하지, 어디서 모르는 척이야."

어깨를 으쓱하자 이쓰카이치의 표정이 조금 누그러졌다. 좋다, 이제 됐다.

"자, 앉아."

한 번 더 권해서 겨우 의자에 앉혔다. 나와 이쓰카이치는 마주보는 자리. 앉으라고 말하지 않았다고 그런 건 아니겠지만 겐고는 그대로 옆에 장승처럼 서 있었다.

부드럽게 말을 꺼냈다.

"2학년 맞지?"

"네……."

"이쓰카이치라고?"

"맞아요."

"신문부지?"

"네."

예스 외에는 답이 없는 질문을 거듭해 상대의 입을 가볍게 풀어주었다. 기본 화법이다. 이어서 익살을 떨었다.

"겐고가 부장이라니 죽을 맛이었지? 융통성이라고는 찾아볼 수가 없으니까. 융통성도 없지, 농담도 안 통하지."

겐고가 울컥한 기색으로 끼어들었다.

"그런 소릴 하려고 이쓰카이치를 부른 거야?"

"이것 보라니까. 농담이 전혀 안 통해. 그럴 리 없잖아, 가벼운 인사치레야."

"인사치레는 됐으니 본론으로 들어가."

"이러니까 센스가 없다고 하는 거야. 너도 고생했겠다."

그렇게 말하며 웃었다. 이쓰카이치는 웃고 싶어도 웃지 못하는 기색이었다. 그래, 좋은 반응이다. 겐고 녀석, 혹시 다 알면서 놀림받는 역할을 맡아준 걸까? 설마, 그럴 리가.

하지만 겐고의 말이 맞다. 그만 본론으로 들어가자.

"실은 이쓰카이치, 겐고가 내게 조사를 부탁했다는 건 그 방화 사건이야. 신문부가 오랫동안 쫓고 있는 그거."

방화 사건이라는 말을 들은 이쓰카이치가 긴장하는 기색이 느껴졌다. 별로 언급하고 싶지 않은 화제이리라.

"신문부가 쫓고 있다는 건 틀린 말인가. 겐고에게 듣자 하니 그 문제에 집착하는 건 새 부장 하나뿐이라면서? 그러니까 이름이, 어⋯⋯."

"우리노예요."

"맞아, 우리노랬다. 가장 최근에 일어난 방화가 그저께였나? 가미노마치 1가 고가 밑. 이번에는 제법 큰 불이었다면서? 몇 대랬지? 자전거 여러 대가 한꺼번에 불에 탔다던데. 다친 사람이 없어서 천만다행이야. 예측이 또 적중해서 우리노도 콧대가 높겠어."

"아뇨."

뜻밖에도 단호한 대답이 돌아왔다.

"억울해하던데요. 반드시 잡을 수 있을 줄 알았다면서."

"잡는다고? 범인을? 보통 일이 아닌데. 설마 감시라도 한 거야?"

"맞아요. 했어요. 부원들 거의 전부……."

처음 듣는 정보였다. 옆을 흘깃 쳐다보자 겐고도 고개를 저었다.

우리노가 방화 사건을 흥미진진해하고 있다는 건 알고 있었다. 그가 행동파라는 것도. 그렇다면 조만간 피해 지점을 예측하는 데 그치지 않고 범인과 직접 접촉하려 들 것이다. 《월간 후나도》의 기사도 그런 가능성을 시사하고 있었다. 놀랍지는 않았지만 놀라는 척했다.

"그런 짓까지! 정말 보통 일이 아니네."

"네……."

"하지만 범인은 못 잡았구나."

끄덕이는 이쓰카이치. 시선을 들어 우리 눈치를 보고 있다. 진의를 가늠하지 못하는 것이다.

시원스레 말했다.

"실은 우리도 방화범을 잡을 작정이거든."

"네?"

이쓰카이치는 할말을 잃었다가 펄쩍 뛰어오를 기세로 겐고를 쳐다보았다. 팔짱을 끼고 서 있던 겐고는 이쓰카이치의 시선을 받고 무겁게 고개를 끄덕였다.

이대로 두면 분명 뭔가 오해할 것이다.

"미리 말해두겠는데, 나는 신문부나 우리노하고 아무 상관 없어. 겐고도 신문부하고 대항하려고 이런 말을 하는 게 아니야. 범인을 막고 싶은 거지. 불은 위험하잖아. 이 사건, 지금까지는 장난 같은 작은 화재뿐이었지만 더 커지기 전에 막아야 해. 나도 그렇게 생각하고. 너는 어때?"

덜컥 묻자 이쓰카이치는 몹시 거북한 표정을 짓더니 오락가락하는 시선으로 좌우를 두리번거렸다.

"여기는 3학년 교실이야."

그렇게 넌지시, 무슨 말을 해도 신임 부장 우리노는 모른다는 사실을 알려주었다. 그러자 이쓰카이치는 겨우 입을 뗐다.

"······저는 경찰 소행이라고 생각해요."

"하긴."

"만약 우리노가 경찰도 모르는 사실을 알고 있다면 신고 해야 한다고 전부터 생각했어요. 그 녀석이 알 만한 일이면 경찰도 이미 알고 있겠지만, 그래도 혹시 모르니까. 그런데 우리노는 특종이다 뭐다, 그걸로 유명해질 생각밖에 안 해요……. 너무 태평하다니까요. 그런 일에 우리까지 끌어들여서는, 나중에 경찰에 호출이라도 당하면 어떻게 될지 생각도 않고."

이쓰카이치가 점점 흥분했다.

"지난번 순찰도 위험했다고요. 자전거로 순찰을 돌던 경찰이 1학년을 한 명 붙잡았거든요. 집이 근처라 운 좋게 잘 둘러댄 모양인데 가여울 정도로 잔뜩 겁을 먹었더라고요. 그런데 우리노는 신경도 안 써요. 선도 기록이라도 남으면 입시에도 불리해질지 모르는데 그런 건 생각도 안 해요. 하려면 혼자 할 것이지!"

"하지만 같이 갔구나."

후배를 지켜주려던 용기를 칭찬할 셈이었는데 이쓰카이치는 다르게 받아들였다.

"네……. 거절할 수 있는 분위기가 아니었어요."

아아.

내 인생의 스승이 여기에.

위험한 일에는 얽히기 싫다. 만약 얽히게 되면 경찰에 신고하고 손을 떼면 그만이다. 뭔가 알면서도 잠자코 있다니 어불성설, 시민의 의무를 다하지 못했다는 사실에 분개하지만 그런 생각에 눈살을 찌푸리면서도 스스로 신고하지는 않는 것이다.

표정이 절로 누그러졌다. 이런 행동이야말로 소시민의 자세가 아니고 무엇이겠는가? 게다가 마지막이 최고다. 거절할 수 없는 분위기일 때는 거절하지 않는다. 아름다울 정도다! 나는 이쓰카이치에게서 이상적 모델을 찾아야 하는 것 아닐까?

무심결에 가르침을 청할 뻔했지만 지금은 그럴 때가 아니다. 오사나이가 방화범일 가능성이 완전히 배제된 것은 아니다. 무슨 일이 있어도 오사나이를 사법의 손에 넘겨서는 안 된다……. 그렇게 되면 기나긴 전쟁의 서막이 열릴 것이다.

그렇다면 이 소시민 이쓰카이치를 어떻게 설득해야 할까? 그의 협력이 반드시 필요하다.

고민하고 있는데 옆에서 굵은 목소리가 끼어들었다. 겐고다.

"네 말도 맞아. 학생 지도부도 그걸 걱정했어."

"그렇죠? 전 이제 우리노의 방침은 못 따르겠어요."

"네가 꼭 도와줘야 할 일이 있어."

아마 겐고에게 이런 말을 듣는 게 처음이리라. 이쓰카이치는 깜짝 놀라 아무 말도 하지 못했다.

"확증이 없어서 단언은 못 하겠어. 하지만 이것만은 말해둘게. 나하고 여기 고바토는, 우리 친구가 불을 지르고 있는 게 아닐까 의심하고 있어."

"엇……."

이쓰카이치의 얼굴에 뚜렷한 두려움이 스쳤다.

"선배 친구가요?"

"가능성이라고 했어. 그래서 우리는 신문부하고 별개로 범인을 찾으려 해. 막고 싶어. 하다못해 자수라도 하게 해야지. 그러려면 네 도움이 필요해. 너도 그런 사건은 이제 그만 일어났으면 좋겠지?"

참으로 겐고다운 설득이다.

이쓰카이치가 조금만 더 현명했다면 아까 겐고가 '어째서 불러냈는지 모르겠다'고 말한 것과 모순된다는 사실을 깨달았을 텐데.

"저는……."

"너는 항상 훌륭했어. 나는 사실 네가 부장이 되어야 한다고 생각했어. 여차할 때 우리노를 막으려면."

이게 거짓말이나 빈말이 아니라는 게 겐고의 대단한 점이다. 이쓰카이치의 표정이 조금씩 바뀌었다.

"우리노의 행동은 위태롭지만 근본적으로 잘못된 건 아니야. 하지만 이대로 사건이 계속된다면 녀석뿐만 아니라 신문부도 어찌될지 몰라. 네가 도와준다면 끝낼 수 있어."

내가 도지마 겐고를 신용하는 것과 비슷한 만큼 이쓰카이치도 그를 신용하는 것 같았다.

망설임을 후련히 떨쳐버린 건 아니겠지만 이쓰카이치는 이렇게 말했다.

"알겠습니다, 제가 할 수 있는 일이라면."

겐고는 요란한 답례를 하지는 않았다. 한마디, "미안해"라고 했을 뿐이다.

연합전을 맹세하는 현직 신문부원과 전직 신문부 부장. 가슴이 벅차오르는 구도로구나. 수수방관하고 있는데 두 사람이 동시에 나를 쳐다보았다.

"저, 그래서 저는 뭘 하면 될까요?"

이로써 해결을 위한 최소 조건이 충족되었다. 이쓰카이치가 해줄 일은 이래저래 많지만 그전에 궁금한 문제가 있었다.

"일단 궁금한 게 있는데."

"네."

헛기침을 하고 미소를 지었다.

"……우리노 말인데, 요즘 제대로 일해?"

이쓰카이치가 돌아가자 겐고가 내 맞은편 자리를 차지했다. 표정이 상당히 험악하다. 하고 싶은 말이 있는 눈치기에 선수를 쳐보았다.

"역시 대단해. 제대로 설득했네. 난 자신 없었는데."

모처럼 칭찬해줬는데도 도지마는 들은 체도 하지 않고 여전히 험악한 표정으로 말했다.

"그래, 이쓰카이치를 직접 보니 어때?"

"뭐가?"

잠시 생각해보았다. 정직은 미덕이지만 말 한마디에 천냥 빚을 갚는다는 속담도 있다. 인상을 후하게 평가한다고 해서 손해 볼 것은 없다.

"고분고분한 후배네."

겐고가 나를 지긋이 쳐다보더니 끄덕였다.

"맞아. 소심하지만 고분고분한 녀석이야. 부탁을 받으면 거절을 못 하는 성격이 가여울 정도지. 그러니까 조고로."

"……왜?"

"올가미도 적당히 쳐."

아아, 그런 걸 걱정하고 있었나.

나는 요란하게 어깨를 움츠리고 웃었다.

"그런 짓은 안 해."

겐고의 시선이 은근히 싸늘하다. 신용이 없다. 이거 억울한데. 조금 울컥해서 반박하고 말았다.

"뭔가 착각한 모양인데, 이런 건 원래 내 전문 분야가 아니야. 올가미라니. 아까도 설득 하나 제대로 못 했잖아?"

내 말에 주눅이 든 건 아닐 텐데 겐고는 조금 당황하는 듯했다.

"그건, 뭐, 그렇지. 혼을 더 **빼놓을** 줄 알았는데."

"겐고가 어떻게 생각하는지는 모르겠지만 농락이나 회유는 내 전문 분야가 아니야. 그런 건……."

반박하다가 그만 말을 흐리고 말았다. 아무리 그래도 그 뒷말은 험담밖에 되지 않기 때문이다.

"왜 그래?"

"아냐, 아무것도."

그런 건 오사나이의 전문 분야다.

사람을 안심하게 만들어 품속으로 파고든다. 이용당하는 척하면서 이용한다.

이제는 그립기까지 한, 이 년 전 봄철 한정 딸기 타르트 사건. 그 사건에서 오사나이는 딱 한 번 만난 겐고의 누나로부터 결정적인 정보를 얻어냈다. 그리고 작년, 여름철 한정 트로피컬 파르페 사건에서 오사나이의 협력자 역할을 했던 상대는 가엾게도 그 사실조차 깨닫지 못했다.

중학교 때만 해도 흐릿했던 오사나이의 자질은 고등학교에 들어온 뒤로 조금씩 드러났다. 오사나이는 정보를 조작하는 재주가 있다.

이번 일련의 방화 사건에서 오사나이가 어떤 위치에 있는지는 불확실하다. 분명한 점은 우리노 다카히코라는 신문부원과 오사나이가 연결되어 있다는 사실.

겐고에게 우리노를 만나게 해달라고 부탁할 수도 있었다. 우리노 본인에게 도움을 받을 수 있다면 문제를 단숨에 해결할 수도 있었다.

그런데도 이쓰카이치를 불러달라고 한 것은 오로지 오사나이에게 정보가 전달되는 게 싫었기 때문이다. 정보전이 되면 불리하니까.

그런 생각을 하다가 쓴웃음을 흘렸다.

작년 여름방학에 헤어졌는데, 또다시 오사나이를 마주하고 있는 기분이다. 나와 오사나이 사이에 있는 게 최상의 디저트가 담긴 접시냐 연쇄 방화 사건이냐 하는 차이는 있지만.

한숨을 푹 쉬는데 주머니에 든 휴대전화가 부르르 떨렸다.

가을철 한정 구리킨톤 사건 (하)

"무슨 일이야?"

"응, 아니."

내게 문자를 보낼 사람은 두 명뿐. 겐고가 눈앞에 있으니 누가 보냈는지 안 봐도 뻔했다.

"아무것도 아니야."

정신을 가다듬었다.

"이걸로 계획을 실행에 옮길 수 있겠어. 현역 신문부원의 도움이 꼭 필요했으니까."

부자연스럽게 화제를 돌렸지만 겐고는 굳이 캐묻지 않고 오히려 기다렸다는 듯이 물었다.

"바로 그거야. 나는 방화범을 몰아세우는 데 이쓰카이치가 필요하다는 말밖에 못 들었어. 그래서 불안한 거야. 그 녀석한테 뭘 시킬 셈이야? 우리노가 일을 제대로 하고 있는지는 왜 물은 거야?"

말투가 딱딱하다. 후배를 끌어들여 걱정되는 걸까? 착한 선배다. 나도 동아리 활동을 하나쯤 할걸 그랬다.

"말 그대로야. 우리노가 《월간 후나도》 일을 얼마나 열심히 하고 있는지야말로 정말 중요한 요소거든."

나는 가방에서 클리어파일 하나를 꺼냈다.

"지난번에 듣자 하니 우리노는 기라 시 '방재 계획'이 이번 사건의 열쇠가 된다고 말했다면서? 예전에 우연히 본 분서 관할 구역이 범인의 지침이라고."

"……그래, 그랬어."

"겐고, 농락이나 회유는 내 전문 분야가 아니야. 덧붙여서 착실히 자료를 조사하는 것도 굳이 따지면 서툰 편이지. 그래서 이건 네가 해주길 바랐어."

일부러 에두른 표현으로 말해보았다.

아니나 다를까, 겐고가 눈썹을 찌푸렸다.

"뭐야. 내가 뭘 안 했다는 거야?"

"그래, 안 했어. 너만 그런 게 아니었지만."

클리어파일을 책상에 내려놓았다. 그것을 흘깃 쳐다본 겐고가 잠깐 동요했다.

"맞아. 신문부는 이걸 조사해야 했어. 정보 자료는 정확하게 검증해야만 해."

파일에 든 것은 '방재 계획' 사본이었다.

"나는 일단 시청에 갔어. 담당 부서가 없다고 하질 않나, 내가 일개 고등학생이라 그런지 답이 안 나오더라. 그래서 포기하고 도서관에 가봤는데 거기서 쉽게 손에 넣을 수 있었어. 사건은 작년부터 이어지고 있지. 먼저 복사한 건 작년 '방재 계획'이야. 봐."

가을철 한정 구리킨톤 사건 (하)

겐고는 실수를 지적당해 그런지 몹시 부루퉁한 표정이었지만 그래도 손을 뻗어 사본을 끌어당겼다. 또 대번에 표정이 바뀌었다.

"어이, 조고로. 이건!"

증거를 의심하는 건 중요한 일이다. 작년 '방재 계획'에는 이렇게 적혀 있었다.

---

(기라 시 방재 계획 11쪽)

기라 시 소방서 일람


기라 소방서

기라 남부 소방서

기라 서부 소방서


기라 시 소방 분서 일람


가노 분서

히노키 정 분서

하리미 분서

기타우라 분서

---

가미노마치 분서

하나야마 분서

도마 분서

쓰노 분서

아카네베 분서

고사시 분서

니시모리 분서

하마에 분서

나는 고개를 끄덕였다.

"그래. 새로운 '방재 계획'에는 소방 분서의 관할 구역이 하나도 적혀 있지 않아."

겐고는 그러고 있으면 관할 구역 표기가 튀어나오기라도 하는 것처럼 복사지를 뚫어져라 노려보았다. 하지만 안타깝게도 내가 사용한 건 비밀 잉크가 아니다.

"그건 작년 '방재 계획'을 복사한 거야. 이 년 전 자료에도 관할 구역은 적혀 있지 않았어. 삼 년 전 것도 마찬가지야. 이유는 모르겠지만 어느 해부터 관할 구역을 싣지 않게 되었어. 소방 자원을 탄력적으로 운용하려면 미리 관할을 정해놓아서는 안 된다는 지시가 내려왔는지도 모르지. 실제로……."

클리어파일에서 또 한 장의 복사지를 꺼냈다. 아까 꺼낸 종이와 거의 차이가 없다. 페이지 번호까지 똑같다. 하지만 여기에는 관할 구역이 기재되어 있다.

"관할 구역을 찾으려면 육 년 전까지 거슬러 올라가야 했어. 칠 년 전에는 고사시 분서가 없었고."

두 장의 사본을 앞에 두고 겐고는 반쯤 망연한 기색으로 중얼거렸다.

"육 년 전……."

생각에 빠져 있는 와중에 미안하지만 정보는 아직 더 있다.

"소방 분서에 대략적인 관할 구역이 있는 건 사실인가 봐. 어쩌면 '방재 계획' 말고도 그걸 명기한 자료가 있을지도 몰라. 다만 가노 분서, 히노키 정 분서, 하리미 분서로 이어지는 순서에는 근거는 없는 것 같아. 자료마다 뒤죽박죽이었어. 달리 말하면 그 순서는 '방재 계획'에서만 찾아볼 수 있다고 생각해도 무방하겠지."

"그렇다면……."

유난히 심각한 얼굴로 끙끙대고 있다.

어찌나 얼굴을 잔뜩 찌푸리고 있는지, 혹시 겐고가 제대로 이해를 못 한 게 아닐까 불안해졌다. 굳이 말할 필요는 없는 문제지만 이야기를 정리했다.

"다시 말해 육 년 전에 발행된 '방재 계획'을 본 사람만 그 분서의 배열과 관할 구역에서 연관성을 찾을 수 있다는 뜻이야."

"알아. 그건 아는데."

겐고의 말투에 짜증이 섞였다.

"그게 뭘 뜻하는데?"

그게 뭘 뜻하는지 내 눈에는 명백해 보였다. 우리노는 '방재 계획'을 자택에서 손에 넣었다고 했다. 형이 소방관이랬나. 우리노가의 책장에 있던 '방재 계획'이 육 년 전 자료였다. 그뿐이다.

그리고 그것은 다른 흥미로운 사실을 시사한다.

답을 바로 말할 생각은 없었다. 혼란스러워하는 겐고의 모습을 보고 있자니 아주 조금 재미있었기 때문에.

대신 이렇게 말했다.

"뭐, 계획이라고 해도 조급해할 것 없어. 성과가 나올 때까지 한 달. 그후에……. 그래, 한 번 더 요시구치의 힘을 빌릴 수 있다면 딱이야."

너무 의지하면 정보료가 올라갈 것 같지만.

"그때까지 느긋하게 수험 공부나 할까?"

현대국어 성적은 올라갔지만 이번에는 영어가 불안하다.

이제 와서 관계대명사를 헷갈릴 줄은 몰랐다.

이런 낭패가.

*

주말은 한 달에 너댓 번쯤 돌아온다. 그리고 그중 서너 번, 토요일과 일요일 중 하루는 나카마루를 만나는 날이다. 작년 9월에 갑작스럽게 사귀기 시작한 뒤로 이 일정은 거의 흐트러진 적이 없다. 겨울방학이나 봄방학 때는 또 다르지만.

5월 마지막 주. 1시에 역 앞에서 만나는 약속도 그럭저럭 흔한 패턴. 다만 슬슬 봄이라고 하기에는 더운 계절이다. 땀이라도 흘리면 볼품없을 것 같아 반팔로 나가기로 했다.

선택은 옳았다. 일기예보에서는 아무 말도 없었지만 햇살이 강렬했다. 정오가 지나자 기온은 쭉쭉 올라갔다. 하늘에는 구름 한 점 없고 바람도 한 점 없었다. 역 앞 콘크리트 바닥이 열기를 그대로 품고 있는 터라 그나마 시원해 보이는 분수로 다가갔다.

약속 시간은 지났지만 나카마루가 오 분에서 삼십 분쯤 늦는 것은 이미 학습으로 아는 사실이다.

오늘 지각은 이십 분. 그럭저럭 괜찮은 편이다. 가슴께에서 손을 살짝 흔들며 다가온 나카마루와 주고받는 똑같은 대화.

"미안, 기다렸어?"

"아니, 나도 지금 왔어."

나카마루는 나를 보고 웃었다.

"좋다, 시원해 보여."

그렇게 말하는 나카마루는 아직 봄옷 차림이다. 파스텔옐로 카디건은 나카마루가 지난번 데이트 때 산 옷이다. 색은 예쁘지만 오늘처럼 따뜻한 날에는 조금 두꺼울지도 모른다. 하지만…….

"낮에는 좋지만 밤에는 아직 쌀쌀하니까."

나카마루의 표정이 조금 어두워졌다.

"그래. 응, 그것 말인데……."

"응? 쌀쌀하다는 거?"

"그게 아니라 밤 말이야, 미안해!"

나카마루가 사과하듯 두 손을 모았다.

"오늘은 일찍 돌아가야 해. 모처럼 만났는데 정말 미안."

난 또 뭐라고.

"괜찮아. 통금 때문이잖아?"

웃는 얼굴을 가장하고 덧붙였다.

가을철 한정 구리킨톤 사건 (하)

"아쉽지만…….."

처음에는 아무리 밤이 늦어도 둘 다 빨리 돌아가자는 말을 꺼내지 않았다. 일요일에 만나면 다음날 학교에 가야 하니 적당한 시간에 헤어지지만 토요일에 만나면 딱히 신경쓰지 않았다.

그런데 언제부턴가, 아마도 봄방학 전후가 아니었을까, 나카마루가 통금이 있다는 말을 했다. 아무래도 부모님께 밤에 싸돌아다닌다고 야단을 맞은 모양이다. 그동안 실컷 놀러 다녔는데 뒷북 같기는 했지만 억지를 부릴 생각은 없었다. 그러니 오늘도 당연히 통금이 있을 줄 알았다.

하지만 나카마루는 조금 복잡한 표정을 지었다.

"그게, 오늘은 조금 사정이 달라. 저녁에는 돌아가야 해."

이제 곧 1시 반이다. 저녁이 몇 시를 말하는지 모르겠지만 시간이 별로 없을 것 같다. 평소 같으면 옷가게와 잡화점을 몇 군데 도는데.

"그렇구나. 그럼 바로 갈까?"

"왜 빨리 돌아가야 하는지 안 물어?"

아아, 응, 그런가.

"집안일 아니야?"

나카마루는 일부러 저러나 싶을 정도로 두리번거리다가 이렇게 말했다.

"슬슬 정신 차리고 수험 공부를 해야겠다 싶어서. 머리가 나쁘면 역시 초조해져."

나카마루의 성적이 어느 수준인지는 모르겠지만 슬슬 정신 차리고 공부해야 한다는 말에는 동의한다. 하지만 토요일 데이트를 몇 시간 줄인다고 어떻게 될 문제는 아니다. 저렇게 뻔히 보이는 거짓말을 할 거라면 왜 물어보라고 한 걸까?

뭐, 섬세한 소녀의 마음이란 그런 거겠지만.

나카마루는 잠시 속마음을 살피듯 나를 올려다보았다. 내가 더이상 묻지 않을 줄 알았는지 이번에는 조금 장난스럽게 두 손으로 배를 부여잡았다.

"그리고 또 한 가지, 아직 점심을 못 먹었어. 어디 좀 들어가면 안 될까?"

물론. 나는 웃으며 끄덕였다.

이럴 줄 알았으면 돼지고기 생강구이 정식을 먹는 게 아니었는데.


역 앞 아케이드 상점가는 경기가 안 좋아, 셔터를 닫은 가게도 많았다. 그렇다고 해도 토요일 오후에 점심 먹을 가게를 찾지 못할 정도로 괴멸한 건 아니다.

가을철 한정 구리킨톤 사건 (하)

가령 바로 눈앞에는 햄버거 가게가 있다. 저 가게 카운터 자리에서는 버스가 정차하는 역 앞 교차로가 잘 보인다. 목적을 갖고 감시하기에는 안성맞춤인 장소다.

"저기는?"

그렇게 물어봤지만 나카마루는 "으음" 하고 신음했을 뿐 찬성하지 않았다. 음식을 가리지는 않는다고 해도 모처럼 데이트를 하는데 햄버거 하나로 식사를 때우기에는 아쉬운 기분도 이해한다.

그런 이유로 둘이서 거리를 걸었다.

햄버거 가게 말고도 떠오르는 가게는 있었다. 하지만 굳이 입에 담지는 않았다. 달콤한 디저트가 맛있는 카페를 말했다가 '예전 여자친구의 그림자가 어른거린다'고 야단맞은 것이 바로 이 산야도리를 걸었을 때였다. 그러고 보니 데이트 코스가 뻔한가? 역 앞 산야도리 산책 코스와 복합 영화관 코스 두 가지뿐이다. 예전에 갔던 파노라마 아일랜드는 즐거웠지만 둘 다 또 가자는 말은 꺼내지 않았다. 마을 변두리의 자동차 학원이나 철거 직전의 체육관에 가자는 말은 할 수 없으니 조금 더 궁리해보는 것도 좋겠다.

전에도 몇 번이나 걸었던 길인데 중화요리점이 있다는 걸 처음 알았다. 입구가 좁아 눈에 띄지도 않고, 중화요리를 먹으려고 산야도리를 돌아다닌 적이 없어 기억에 남지 않은 것이리라. 눈짓으로 여기는 어떠냐고 물었더니 나카마루가 기가 막힌다는 표정을 지었다.

"설마, 농담이지?"

지저분한 유리문 너머로 뭉게뭉게 피어오르는 담배 연기 속에서 아저씨들이 잔뜩 앉아 고개를 숙이고 있는 모습이 보였다. 도지마 겐고라면 몰라도 나카마루는 저런 곳에 절대 들어가지 못하겠지.

하지만 태평하게 고르고 있을 수만도 없다.

"2시가 넘으면 거의 문을 닫을 텐데."

"나도 지금 그 생각을 하고 있었어. 음, 어디 좋은 데 없을까?"

휴대전화를 꺼내 시간을 확인했다. 대충 1시 40분. 뭐, 정말 어쩔 수 없다면 편의점에서 뭐든 사 먹으면 되겠지만……. 아무래도 그보다야 햄버거가 낫겠지? 뭐 없을까 싶어 좌우를 둘러보았다.

선술집 같은 가게는 드문드문 보였다. 그렇다고 그런 곳에 들어갈 수도 없고, 점심때는 열지도 않는다. 괜한 질투만 아니라면 벚꽃 암자가 좋을 텐데. 핫샌드위치도 맛있어 보였고.

가을철 한정 구리킨톤 사건 (하)

그때 나카마루가 길 반대편을 가리켰다.

"아, 저기 어때?"

깃발 간판이 나와 있었다. 패밀리 레스토랑이다. 우회 도로를 따라 몇 군데 있는 줄은 알고 있었지만 이런 곳에도 패밀리 레스토랑이 있는 줄은 몰랐다. 최근에 열었나?

"봐, 이벤트를 하고 있대. 더우니까 차가운 파스타가 좋겠어."

바람 한 점 없어 펄럭거리지도 않는 깃발에 "차가운 파스타 이벤트"라고 적혀 있었다. 차가운 양송이 파스타가 800엔. 오호라.

"고바토 짱, 저기 가도 돼?"

"응, 좋을 것 같네. 드링크바도 있을 테고."

나카마루가 의아하다는 듯이 물었다.

"점심은 안 먹을 거야?"

"아아, 응, 난 먹었어. 하지만 양이 조금 부족해서 가벼운 게 있으면 좋겠다 싶었어. 패밀리 레스토랑이면 딱 좋네."

"그렇구나. 미안……."

어째선지 나카마루는 굉장히 미안한 표정을 지었다. 1시에 만날 때는 대개 점심을 먹고 만났는데……. 오늘따라 어째서 이렇게 작은 일로 침울해하는 걸까? 조금 불안정해 보인다. 난처한 일이 있다면 이야기를 들어줄 수도 있는데.

가게에 들어가면 눈치를 봐서 물어보자.

"들어갈까?"

내가 앞장서자 나카마루는 잠자코 따라왔다.

점심때가 지났는데도 가게에는 그럭저럭 손님이 있었다. 냉방을 기대했는데, 아직 에어컨을 켜지 않았는지 가게 안은 별로 시원하지 않았다. 오늘이 유별나게 더울 뿐이지 달력은 아직 5월이니 어쩔 수 없나.

입구 바로 옆자리에서 여자 넷이 큰 소리로 웃고 떠들고 있었다. 그 웃음소리 때문은 아니겠지만 점원이 우리를 보고 다가오기까지는 시간이 조금 걸렸다. 하얀 앞치마에 이름표, 이름표 위에 당당히 '연수생' 배지를 단 여자가 조금 빠른 걸음으로 다가왔다.

"어서 오세요. 두 분이신가요?"

"네."

"금연석과 흡연석이 있는데요."

어디로 보나 미성년자인데 그런 걸 물으면 어쩌란 거지. 뭐, 흡연을 즐기는 동급생을 모르는 건 아니지만 일개 소시민은 스무 살이 되기 전에는 술도 담배도 금지다.

"금연석요."

가을철 한정 구리킨톤 사건 (하)

"이쪽으로 오세요."

안내받은 자리는 가게 안쪽으로, 방금 전 네 명의 웃음소리는 거의 들리지 않았다. 연수생 웨이트리스는 웃는 얼굴로 "메뉴를 정하시면 그쪽 벨을 눌러주세요"라고 말하고 물러갔다. 그렇게 말했으니 메뉴판이 있겠지, 테이블 위를 둘러보았지만 아무리 찾아봐도 메뉴판이 없다. 테이블 밑에 있나 싶어 들여다보았지만 나카마루의 다리 말고는 아무것도 없었다.

이를 어쩐다, 고개를 갸우뚱하는데 나카마루가 물었다.

"저기, 있지……. 고바토 짱은 배 안 고픈 거지?"

어째서인지 나카마루는 고개를 떨구고 있다. 그렇게 마음에 걸리나?

"응. 근데 괜찮아, 그 정도는."

"게다가 나 오늘도 지각했잖아. 고바토 짱, 많이 기다린 거 아냐?"

"별로……. 신경 안 쓰는데."

지각이 잘못인 줄은 안다는 사실에 조금 놀랐다. 만났을 때 거기에 대해 아무 말도 안 하기에 본인도 신경쓰지 않는 줄 알았다.

새삼스럽게 나카마루를 쳐다보았다.

아까부터 은근히 눈치는 채고 있었지만 확실히 표정이 어둡다. 어둡달까, 조심스럽게 내 태도를 살피는 느낌이다. 왜 저럴까. 얼굴에 생강 소스라도 묻었나 싶어 저도 모르게 얼굴을 문질렀다.

"서로 마찬가지잖아. 무슨 일 있었어?"

"무슨 일이라니?"

"나야 모르지."

알지도 못하고, 별로 생각하고 싶은 문제도 아니지만.

나카마루는 테이블에 팔꿈치를 괴었다. 꽤나 거북해 보인다.

"줄곧 생각했는데……."

나카마루가 입을 열었다.

"고바토 짱, 굉장히 다정한 편이지? 보통 사람들보다 훨씬."

마음의 준비도 못 했는데 갑자기 칭찬을 받았다. 근데 보통 사람들의 다정함이란 뭘까?

"그런가?"

"그래!"

매섭게 단언한다. 그럼 그렇다고 치지 뭐. 뭔가 결심한 듯 나카마루가 말했다.

"예를 들어, 예를 들어서 말이야, 고바토 짱은 내가 무슨 짓을 하면 용서 못 할 것 같아?"

"……이상한 걸 묻네."

"예를 들어서라고 했잖아."

이것도 섬세한 소녀의 마음인가?

자타의 평가에 간극이 생기는 것은 흔한 일이므로 나를 다정하다고 말하는 나카마루에게 이의를 표할 생각은 없다. 토끼 씨, 무슨 소리를 하는 거예요?* 마음은 그렇지만 말로 할 생각은 없다. 그렇게 다정한 내가 나카마루를 용서하지 않는 경우라면…….

이건 몹시 어려운 문제다.

뭐라고 대답해야 정답일까? 어떻게 대답하면 나카마루 마음속의 내 이미지와 부합할까?

"지나치게 비상식적으로 군다면 용서할 수 없겠지. 갑자기 물을 끼얹는다거나."

"아냐, 그런 게 아니라."

나도 안다. 그러고 보니 테이블에 물도 없다. 아까 그 웨이트리스, 연수생 배지는 장식이 아니었구나.

---

* 토끼와 거북이의 경주 이야기를 담은 동요 가사. 거북이가 느리다고 놀리는 토끼에게 경주를 제안하는 거북이의 대사로, 화자의 생각이 옳지 않음을 지적하는 경우에 흔히 쓰인다.

"그런 게 아니라면…… 무슨 짓을 해도 결국에는 용서할 것 같아. 다들 그렇지 않을까? 절대 용서할 수 없다는 사람이 과연 있을까?"

사죄를 받아들이고 용서하거나, 시간이 흘러 용서하거나, 아니면 후련하게 복수를 해서 용서한다는 차이는 있을지언정.

그런데 나카마루는 내 말을 끝까지 듣지 않았다.

"그렇지, 용서할 것만 같아. 다정하니까."

어째서 오늘 갑자기……. 지난주까지는 이런 말을 하지 않았는데. 민망하기도 하고 너무 뜬금없는 소리라 영문을 알 수가 없으니 일단 말을 돌려보기로 했다.

"하지만 메뉴판이 없는 건 용서할 수가 없네. 점원을 부를게."

메뉴를 정하면 누르라고 했던 벨을 누르자 생각보다 훨씬 요란한 소리가 났다. 뭔가 말하려던 나카마루는 요란한 벨소리에 타이밍을 놓친 듯했다.


연수생 웨이트리스는 대범했다. "메뉴가 없는데요. 그리고 물도 좀 주세요"라고 했더니 당황하는 기색도 없이 태평하게 "실례했습니다. 바로 가져오겠습니다" 하고 물러났다.

메뉴판은 한 손으로 들 수 없을 만큼 크고 두꺼운 세 장짜리 종이로 되어 있었다. 웨이트리스는 메뉴판을 테이블에 펼치고 태연히 덧붙였다.

"차가운 양송이 파스타는 품절입니다."

깃발에 적혀 있던 대표 메뉴가 품절이라니.

"메뉴를 정하시면 그쪽 벨로 불러주세요."

떠드는 사이에 나도 어쩐지 출출해졌다. 메뉴를 보니 아보카도 크리미 샌드위치라는 게 있었다. 솔직히 크리미 샌드위치라는 이름은 어감이 안 좋아 식욕이 떨어졌지만, 커피 세트도 있고 무엇보다 값이 저렴했다.

"난 정했어."

나카마루는 시간이 조금 걸렸다.

"음…… . 양송이가 없다는 거지?"

그렇게 중얼거리며 "본격적인 여름! 차가운 파스타 이벤트"라고 적힌 메뉴를 보고 있었다. 내 쪽에서는 거꾸로 뒤집혀 있어 읽기 어려웠지만 "차가운 양송이 파스타"와 "감칠맛 나는 완숙 토마토 샐러드 파스타"라는 글자가 보였다. 아니, 그 두 개밖에 없다. 이벤트라면서 메뉴는 두 종류, 그중 하나는 품절이라니 어찌된 일인가. 애초에 5월부터 본격적인 여름이라니 무슨 소린가, 이러다가 7월이라도 되면 뭐라고 변명할 셈이지? 에잇, 지배인을 불러! 한마디 해야겠다!

그런 소시민스러운 망상을 즐기고 있는데 나카마루가 나를 불렀다.

"그쪽 메뉴 좀 보여줘."

메뉴판을 건네자 나카마루는 쭉 훑어보고 바로 "정했어"라고 중얼거렸다.

"고바토 짱도 정했지? 부를까?"

고개를 끄덕였다. 나카마루가 손가락을 뻗자 또다시 요란한 벨소리가 가게 안에 울려 퍼졌다. 이미 들어본 소리인데도 움찔 놀라고 말았다. 어쩌면 연수생 아르바이트에게도 잘 들리도록 의도적으로 음량을 키워놓은 게 아닐까 하는 의심마저 들었다.

문제의 웨이트리스가 다가와 전자계산기 같은 기계의 단추를 서툴게 눌러댔다. 고개는 화면에 처박은 채 목소리만 밝았다.

"예, 말씀하세요."

"저는 아보카도 샌드위치를 커피 세트로 주세요."

"예…… 잠시만 기다리세요. 어어……. 예, 괜찮습니다."

정말 괜찮을까? 흘깃 보니 나카마루도 불안한 표정이다.

"전 따끈따끈 연어 크림 파스타로."

"예, 연어…… 파스타……. 예. 주문 확인하겠습니다. 아보가도 샌드위치 커피 세트, 연어 크림 파스타 맞으신가요?"

아니요, 아보'카'도인데요.

물론 소리 내어 말하지는 않는다.

"맞아요."

"잠시만 기다리세요."

웨이트리스가 주방으로 물러나자 우리는 얼굴을 마주보고 누가 먼저랄 것 없이 웃었다. 이 가게에 서빙하는 직원이 저 사람 하나일 리는 없는데 어째서 같은 사람이 계속 오는 걸까?

……그건 그렇고, 지금 약간 위화감이. 우리의 질서정연한 세계에 일말의 혼돈이 끼어들었다.

그렇다. 내 생각에 이건 약간의 배려로 해결할 수 있다.

나카마루가 컵을 들고 물을 한 모금 꿀꺽 마시더니 웃는 얼굴로 말했다.

"그나저나……."

"응."

"우리, 벌써 오래됐지."

뭐, 그렇지. 지금도 기억하는 방과후, 그날은 분명 작년 9월이었다. 손가락을 꼽아보았다.

"아홉 달인가. 그럭저럭 흘렀네."

"이제 와서 말하기도 그렇지만, 우리 은근히 잘 맞는 것 같아."

나는 평온한 얼굴로 끄덕였다.

나카마루는 시선을 살짝 돌리더니 자연스럽게 말을 이었다.

"하지만 우리가 사귀는 줄 모르는 애들도 제법 많아."

"그래?"

"아는 애들은 알지만."

모르는 사람은 모른다. 이야기의 목적지가 보이지 않아 나는 아리송하게 맞장구를 칠 수밖에 없었다. 나카마루는 웃고 있지만 기분 탓인지 뺨이 경직되어 있는 것 같았다.

"그런 사정을 속속들이 아는 애들도 있지만. 어째서 그런 것까지 아는지 신기한 타입."

"그런 사정?"

"그러니까 이런 사정."

우리가 사귀는 걸 말하는 걸까? 나카마루가 돌연 내 눈을 똑바로 쳐다보았다.

"고바토 짱도 그런 애 알지 않아?"

뭔가 속을 떠보고 있다. 탐색하는 티가 팍팍 나는 걸 보면 나카마루도 탐색이 상당히 서툴다.

나는 고개를 갸웃거렸다.

"글쎄. 전 신문부 부장이 친구이긴 한데 무뚝뚝한 녀석이라 그런 소식에는 깜깜할 거야. 그런 사람을 찾고 있어?"

"그런 건 아니지만……."

나카마루는 말을 흐렸다. 그리고 침묵이 깔렸다.

침묵을 깬 것은 웨이트리스였다. 또 그 연수생이다.

"오래 기다리셨습니다. 연어 크림 파스타 주문하신 손님."

"아, 예."

"세트에 포함된 샐러드입니다."

작은 샐러드 접시를 테이블에 내려놓았다. 잘게 찢은 양상추에 채 썬 양배추, 그리고 여덟 조각으로 자른 토마토. 하얀소스는 시저 드레싱이겠지.

나카마루는 의아한 눈빛으로 샐러드를 쳐다보았다.

"샐러드가 나와요?"

"예. 런치 세트입니다."

웨이트리스는 식기를 준비해주지 않았다. 또 실수를 저지른 건가 싶었지만 항의하기 전에 자세히 보니 테이블 구석에 놓인 박스에 나이프만 빼고 다 들어 있었다.

나는 나카마루에게 스푼과 포크를 건네고, 내 앞으로 포크를 하나 가져왔다. "아, 고마워." 나카마루의 인사를 듣는 둥마는 둥 포크를 뻗었다.

"토마토 좀 먹을게."

나카마루의 샐러드에서 토마토를 낚아챘다. 번개 같은 포크 공격, 나카마루가 반응했을 때 토마토는 이미 내 입안에 있었다.

"……어?"

나카마루의 표정은 우스꽝스러울 정도로 어리둥절했다.

"어? 아니, 상관은 없는데 고바토 짱, 토마토 먹고 싶었어?"

나는 꿀꺽 삼키고 말했다.

"먹고 싶었달까, 나카마루는 토마토 싫어하잖아."

"내가?"

나카마루는 심오한 질문을 받은 듯 진지한 얼굴로 샐러드를 가만히 쳐다보았다.

"나……."

나카마루가 영문을 모르겠다는 표정으로 물었다.

"어째서 내가 토마토를 싫어한다고 생각했어?"

나는 웃었다.

아주 간단한 이유다. 생각할 필요도 없다. 군이 설명할 만한 문제도 아니지만 궁금하다면 말해줘야지.

"그야 나카마루, 이 가게를 고를 때 그랬잖아. 차가운 파스타가 좋다고."

"응."

나카마루는 순순히 끄덕였다.

"실제로 주문한 건 뜨거운 크림 파스타였지."

"그렇지만……."

이것은 이상 사태다. 차가운 파스타를 먹으러 들어간 가게에서 뜨거운 파스타를 주문하다니. 저온에서 고온으로. 그야말로 비가역적인 엔트로피 증가.

나는 그에 저항하지 않을 수 없다.

"이유가 궁금했어. 분명 깃발에 적혀 있던 차가운 양송이 파스타는 품절이었지. 하지만 차가운 파스타는 그 외에도 있었어. 토마토 파스타도 있었는데 그걸 주문하지는 않았잖아. 차가운 걸 먹고 싶어 들어간 가게에서 뜨거운 음식을 시켰으니까, 뭔가 이유가 있구나 싶었지."

가볍게 천장을 가리켰다.

"가게 에어컨 바람이 강력했다면 차가운 걸 먹고 싶은 생각이 사라졌을 수도 있어. 하지만 아직 냉방이 돌지 않아서 오히려 더운 편이야."

나카마루가 불쑥 중얼거렸다.

"아, 그래서 알았구나."

"응. 여전히 더운데도 차가운 파스타를 포기한 건 남은 선

택지, 토마토 파스타를 싫어하기 때문이겠지? 그래서 대신
먹어준 거야."

나는 웃었다.

나카마루가 심각해 보여서 고민거리라도 털어놓을 줄 알았
는데 그렇지도 않았다. 튀어나온 것은 그저 완곡한 견제뿐.
이대로는 조금 심심하니 살짝 머리를 굴렸다. 나는 토마토를
싫어하지 않으니 여자친구에게 작은 배려를 선물할 셈이었
는데.

"있지."

적잖이 질린 얼굴의 나카마루.

"고바토 짱, 이따금 이상한 걸로 이상한 소리를 하더라. 그
것도 굉장히 즐겁게."

"지루하게 말하는 것보다 낫잖아."

"하지만……."

나카마루는 토마토가 사라진 샐러드를 보면서 말했다.

"나, 토마토 싫어하지 않아."

"어, 그래?"

이런. 질서의 회복을 갈구한 내 면밀한 추리가 일언지하에
부정당할 줄이야.

패배감에 몸부림치며 물었다.

"그럼 왜 그랬어?"

어디 들어보자. 나카마루가 목표물인 차가운 파스타를 포기하게 만든 두려운 진실을!

나카마루가 말했다.

"메뉴판 사진으로 보니 토마토보다 크림 파스타가 더 맛있어 보였어."

오호라.

"백 엔 더 쌌고."

뭐, 타당한 이유로군.


나카마루는 그후로 아무 말도 하지 않았다. 간신히 결심했는데 중간에 엉뚱하게 방해받아 이야기할 마음이 사라진 모양이다. 나카마루는 크림 파스타를, 나는 크리미 아보카도 샌드위치를 음미했다.

물론 나는 안다. 나카마루가 정말로 알고 싶어 하는 게 무엇인지.

내가 아는, 후나도 고등학교 남녀 교제 상황을 상세히 파악하고 있는 인물. 그것은 당연히 전에 겐고의 소개로 만난 요시구치를 뜻한다. 나카마루는 내가 요시구치와 아는 사이인지 확인하려 했던 것이다.

직접 물어봤다면 안다고 대답했을 텐데 어째선지 나카마루
는 목구멍에 뭐라도 걸린 사람처럼 굴었다. 그 서툰 모습이
안쓰러워 화제를 돌리려고 한 건데. 어느 정도는 먹혀들었다
고 봐야 할까?

식사를 마치고 나카마루도 커피를 시켰다. 연수생 웨이트
리스는 "그럼 런치 드링크 세트로 바꿔드릴게요"라고 말했
지만 단말기 조작이 어설프기 짝이 없는 것으로 보아 정말 세
트 가격으로 바꿔주었는지 불안하기만 하다.

커피를 앞에 두고 나카마루가 중얼거렸다.

"있지."

목소리는 밝지만 고개는 떨구고 있다.

"있지. 고바토 쨩 말이야……. 내 어디가 좋아서 사귀는
거야?"

어디냐고 묻는다면 여기저기인데.

하지만 데이트에 늦은 여자친구가 '미안, 기다렸어?'라고
물으면 '아니, 나도 방금 왔어'라고 대답하듯 그 질문의 답을
나는 이미 마련해두었다.

엄지손가락에 묻은 진득한 아보카도를 냅킨으로 닦으며 대
답했다.

"누군가와 함께 있는 이유를 말로 표현하는 건 오해의 씨

앗이야. 너도 알잖아?"

나카마루는 잠자코 뜨거운 커피를 한 모금 마시더니 고개를 들고 웃었다.

"전혀 모르겠는데."

3

(5월 10일 《아사히 신문》 지역면)

**기라 시 가미노마치에서 수상한 불, 연쇄 방화 의혹**

10일 오전 0시경, 기라 시 가미노마치 1가 철도 고가 밑에서 버려진 자전거가 불에 타고 있는 것을 인근 주민이 발견, 소방서에 신고했다. 소방대가 진화에 나섰지만 버려진 자전거 십여 대를 포함해 약 10제곱미터가 불에 탔다. 부상자는 없었다. 기라 경찰서는 방화 가능성을 조사하고 있다.

기라 시에서는 올 들어 방화로 의심되는 화재가 잇따라 발생하고 있다. 이번 화재는 가미노마치 자치회에서 방재 순찰을 계획한 직후 일어났다.

(5월 18일《요미우리 신문》)

## 기라 시에서 불조심 방재 훈련

기라 시 산구지 정에서 17일, 지역 주민들이 방재 훈련을 실시했다. 기라 소방서 대원들의 지도로 초기 진화 방법을 배웠다.

기라 시에서는 작년부터 방화로 의심되는 화재가 연달아 발생하고 있다. 유적이 많은 산구지 정에서는 불안을 호소하는 목소리가 크다. 기라 소방서 다나카 하루오미 소방관(51)은 "지역 주민들의 힘으로 화재 발생을 미연에 방지하는 게 중요하다"고 말했다.

---

(6월 2일《월간 후나도》8면 칼럼)

신문부가 총력을 기울여 추적하고 있는 그 사건, 시내 연쇄 방화 사건의 새 소식을 전하겠다. 증오스러운 범인은 5월에도 또 사건을 저질렀다. 10일 토요일. 가미노마치 1가 철도 고가 밑에서 버려진 자전거 십여 대를 쌓아놓고 불을 지른 것이다.

필자는 우연히 현장을 목격했다. 가까이서 본 불은 어찌나 두렵던지! 불길이 제어를 잃었을 때, 우리가 얼마나 많은 대가를 치러야 할지 강제로 학습한 기분이었다(다행히 이번 불길은 고가 다리를 태울 정도는 아니었다). 현장 흔적은 이 사건 역시 방화범, 파이어맨의 소행임을 말해주고 있다. 그 불을 바라보며 필자를 비롯한 신문부 모두가 범인을 이대로 내버려둘 수는 없다고 새로이 결의를 다졌다.

이번 달에는 기타우라 정을 노릴 것으로 보인다. 기타우라에는 종합 운동장, 기타우라 대교, 기라 성터 공원 등 중요한 시설이 많다. 이번 달에야말로 파이어맨이 체포되기를 간절히 바란다. (우리노 다카히코)

올해는 마른장마는 아닌 모양이다. 연일 비가 내려 등교하는 것도 울적하다. 다만 일정이 있었던 토요일에는 겨우 비가 갰다. 일기예보로는 오후부터 비 올 확률이 이십 퍼센트. 약간 불안하기는 했지만 나는 자전거를 타고 기라 시 북쪽에 위치한 기타우라 정으로 향했다.

기타우라 정을 찾아가는 이유는 당연히 사전 답사다. 지난달 가미노마치에서는 감시 순찰에 계획성이 부족했다. 신문부가 총출동해 감시했지만 그래봤자 부원은 여섯 명뿐. 그중 한 명은 여전히 집이 엄격하다는 핑계로 순찰에서 빠지니 있으나마나다. 다른 한 명은 지난달 감시 때 순찰하던 경찰에 걸려 잔뜩 겁을 먹었다. 어느 정도 예상 지점을 좁히지 않으면 또 놓치고 말 것이다. 가미노마치 순찰 상황으로 보건대 경찰도 본격적으로 이 사건을 수사하고 있을 가능성이 있다. 우리 손으로 방화범을 붙잡을 기회는 얼마 남지 않았는지도 모른다.

사전 답사에 신문부 부원을 데리고 올 수도 있었다. 하지만 나는 히야 유토를 불렀다. 신문부의 그 누구보다도 듬직하기 때문이다. 부장으로서 몹시 유감스럽지만 사실이니 어쩔 수 없다.

역 앞에서 만나기로 한 히야는 시원스러운 줄무늬 폴로셔츠를 입고 있었는데도 냅다 이렇게 말했다.

"야, 쪄죽겠다."

그렇게 비가 쏟아졌는데 조금도 시원해지지 않았다. 6월인데 이 모양이니 올해 한여름은 얼마나 찜통일지 걱정스럽다.

전에도 그랬듯 나란히 자전거를 몰아 국도를 따라 기타우라로. 여기에는 의심스러운 지점이 많다. 어디서부터 시작할지 망설였지만 히야가 "일단 성터 공원부터 보자"고 해서 그러기로 했다.

성터 공원은 웅장한 이름에 비해 축소 모형 하나 없는, 지극히 평화로운 공원이다. 거치대에 자전거를 세워놓고 자물쇠를 걸면서 불쑥 중얼거렸다.

"설마 또 자전거에 불을 지르진 않겠지……."

히야가 웃었다.

"갑자기 무서운 소리를 하네. 사전 답사를 왔으니 당연한 일이지만. 설마 또 자전거를 노리겠어?"

1월에는 버려진 자전거가 불에 탔다. 지난달에는 내 눈앞에서 십여 대가 한꺼번에 불에 탔다. 하지만 범인이 자전거에 집착하는 것 같지는 않았다. 그렇게 몇 번씩이나 같은 대상을 노리지는 않을 것이다.

공원에 들어서자 길은 말라 있었다. 하지만 잔디는 축축하게 젖어 있어 후끈한 풀내음이 주위를 에워쌌다.

"딱 장마철 풍경이네."

즐거운 기색으로 말하는 히야가 가리키는 곳에 여름 꽃이 피어 있었다. 종 모양의 연한 핑크색 꽃잎이 깜찍했다. 뭐라 대답해야 할까 머뭇거리고 있으려니 히야가 웃었다.

"초롱꽃이야."

"꽃 이름 같은 건 몰라."

"나도 그리 잘 아는 건 아니지만 초롱꽃 정도는 알아. 상식이니까."

내가 상식이 없다는 완곡한 지적인가. 울컥해서 히야를 내

버려두고 성큼성큼 걸어갔다.

비만 내리지 않았다뿐이지 날씨는 흐렸다. 뿌연 하늘에 흐린 태양이 나와 있다. 습기도 더위도 불쾌하지만 직사광선이 없으니 마음이 편했다. 적어도 비 때문에 발이 묶이는 것보다야 낫다. 다들 똑같은 마음인지 공원에는 유독 사람들이 많았다. 토요일 낮이라 가족 인파도 눈에 띄었다.

그 안에서 나는 방화 대상이 될 만한 표적을 점찍었다.

히야가 뒤를 따라오면서 물었다.

"그나저나 이번 달《월간 후나도》읽었어. 기세는 여전하지만 표현이 조금 달라졌던데."

뒤는 돌아보지 않고 대답했다.

"여세를 몰아야지."

기사에 대한 반응은 지금도 여전했다. 인쇄 준비실을 찾아오는 학생들도 늘었으면 늘었지 줄지는 않았다.

하지만 쓰레기통에 버려지는《월간 후나도》가 격감했다는 실감은 없다. 소문을 타고 있다, 관심도 끌고 있다. 하지만 이 연쇄 방화에는 뭐랄까, 요란한 맛이 부족하다. 자욱한 검은 연기도 시뻘건 불꽃도 없다. 후나도 고등학생의 마음을 단숨에 사로잡을 힘이 부족하다. '다음달《월간 후나도》가 기대되는걸. 이번 달 것도 잘 챙겨놔야지'라고 생각하게 만들려면 좀더 부채질을 해야 한다.

범인 체포라는 대형 이벤트로 재미에 불을 붙일 예정이지만 그전에도 지원 사격은 필요하다. 그래서 생각해낸 것이 자극적인 명명이었다.

"파이어맨은 너무 안일했나?"

그렇게 묻자 뒤에서 웃음을 삼키는 소리가 들렸다.

"뉘우치고 있다고 하기에는 너무 당당한데?"

"……뭐, 그렇지."

"미리 시사하겠다는 거구나?"

히야에게는 거의 모든 이야기를 털어놓았다. 범인이 '방재 계획'을 따라 불을 지르고 있다는 것도. 히야는 '파이어맨'이라는 이름이 단순히 '불'의 이미지뿐만 아니라 '소방관'도 뜻하는 중의적 단어임을 눈치챈 것이다.

"우리 부원들도 너만큼만 눈치가 빠르면 얼마나 좋을까?"

나는 이 작명 센스에 은근히 자신이 있었다. 단순하면서도 이중적인 뜻을 가지고 있다면 완벽하다. 하지만 신문부에서는 반발의 목소리가 나왔다. 1학년 혼다는 촌스럽다는 말까지 했다. 5월 감시 때 범인과 가장 가까운 위치에 있었으면서 아무것도 보지 못한 게 바로 혼다였다. 그런 말을 할 입장이 아닐 텐데.

히야가 말했다.

"사실 멋진 건 아니지. 조금 더 참신했으면 좋았을 텐데."

……그렇게 별로인가?

"게다가 난 범인의 별명을 얘기한 게 아니야. 기사 스타일이랄까, 표현법이랄까……. 그냥 그렇다고."

그 기사도 벌써 다섯 번째다. 자각하지 못한 부분이 변했는지도 모른다.

초롱꽃은 자생하는 게 아니라 인공적으로 심은 것인지도 모르겠다. 유심히 보니 곳곳에서 무리지어 자라고 있는 게 보였다. 보고 있노라니 화단에 불을 지를 수도 있을 것 같았다. 꽃을 태우는 행위는 심각한 피해를 주지는 않지만 왠지 도저히 용서할 수 없는 악업 같다는 생각이 들었다. 파이어맨의 자기소개에는 안성맞춤이 아닐까? 아무 근거도 없이 떠오른 생각일 뿐이지만.

"그나저나……."

아까까지 뒤에 있던 히야가 어느새 바로 옆에 있었다. 진지한 건지 아닌지 가늠하기 어려운 태평한 얼굴이다.

"왜?"

"독자들의 관심을 끌고 싶다면 최고의 정보가 있잖아. 그걸 언제까지 감춰둘 작정이야?"

"그거 말이야……?"

히야가 하고 싶은 말은 뻔하다. 현장에 남은 흔적, 표식을 말하는 것이다. 방화 현장을 취재한 다음 히야가 찾아낸 특징.

파이어맨이 불을 지른 현장에는 어떤 흔적이 공통적으로 남아 있다. 사건 현장에는 반드시 망가진 물건이 있었다. 아니, 단순히 망가졌다고 하기에는 어폐가 있다. 조금 더 정확히 말하면 해머 같은 도구로 후려친 흔적이 남아 있었다.

원예부원들에게 들은 이야기로는 처음 사건에서는 베어낸 풀더미가 불에 타고 해머도 도둑맞았다고 했다. 파이어맨이 사용하는 도구가 원예부 비품인지는 알 길이 없다. 하지만 놈은 한 달에 한 번, 두 번째 금요일에 불을 지르고 현장에 있는 물체에 해머를 휘두르고 있다.

내가 수집한 자료는 전부 신문부원에게 넘겼다. 해머를 도난당했다는 원예부원의 증언도.

하마에 도로에 있던, 움푹 패인 도로 표지판도.

고사시 자재 창고의, 콘크리트 벽에 난 자국들도.

아카네베에서는 또다시 가로수가 표적이 되었다. 나무껍질이 군데군데 벗겨져 애처로운 속살이 드러나 있었다.

쓰노의 버려진 자동차는 사이드미러가 꺾여 있었다.

히노데 정에서는 플라스틱으로 만든 버스 정류장 표지판에 구멍이 뚫려 있었다.

하나야마 자전거 보관소에서는 불에 탄 스쿠터 옆에 세워져 있던 오토바이. 시트가 갈기갈기 찢겨 있어 주인이 불같이 화를 냈다.

그리고 가미노마치. 출입 금지 간판에 할퀸 듯한 자국이 있고, 움푹 패어 있었다.

하지만 그걸 알아챈 사람은 아직 아무도 없다.

"처음에는 비장의 카드라 숨긴 줄 알았어. 이때다 싶을 때 사진과 함께 '증오스러운 범인의 흔적!' 이런 기사를 쓸 줄 알았거든. 하지만 아닌가 보네."

히야는 어쩐지 불만스러워 보였다.

당연한 일이다. 이 공통점을 찾아낸 것은 히야지, 내가 아니다. 1월, 처음 히야와 취재를 갔을 때 하마에 도로표지판을 찍기는 했다. 하지만 그후 니시모리나 고사시에도 흔적이 있다고 가르쳐준 것은 히야였다.

그러나 나는 그것을 기사로 쓰지 않았다.

찜통 같은 공원 안을 걸으며 아차 싶었다. 누구보다 믿음직한 이 친구에게는 제대로 설명했어야 했다.

뭐, 늦은 건 아니다.

"그건 범인을 잡을 때까지는 쓰지 못할 거야."

"……직접 발견한 사실만 기사로 쓰겠다는 뜻이야?"

"아니, 아니야."

히야는 생각보다 신경이 쓰이는 눈치였다. 나는 힘주어 말했다.

"그런 싸구려 프라이드 문제가 아니야. 더 중요한 이유가 있어. 처음 한두 번은 확실히 비장의 카드는 아껴두려고 쓰지 않았어. 그런데 지금은 아니야. 이유가 있어."

"이유라……."

히야가 눈짓으로 뒷말을 재촉했다.

"말했잖아? 도지마 선배가 신문부를 나갈 때 가장 우려했던 게 모방범 문제였어. 《월간 후나도》에 파이어맨의 규칙을 상세히 쓰면 기사를 읽고 누가 모방해도 구별할 방법이 없어."

"그건 들었어. 그 부장은 그 점을 깨닫지 못한 무능함이 부끄러워 그만둔 거잖아."

"그때 선배가 그랬어. 신문부는 파이어맨과 모방범을 구별할 수 있도록 연쇄 방화의 규칙을 숨겨야 한다고. 둘을 구별할 방법이 있다고 명기함으로써 신문부는 다음 현장을 예측하면서, 모방범죄를 방지하려 노력했다고 주장할 수 있어. '방재 계획'의 규칙은 신문부원 모두가 알고 있어. '해머 자국'은 비장의 카드야."

짧은 침묵 끝에 히야가 중얼거렸다.

"그 문장은 그런 뜻이었어? 어쩐지, '진범만 아는 진실'을 준비했다 이거구나. 제법인데?"

역시 이해가 빠르다. 히야가 신문부원이었다면 얼마나 든든했을까? 나는 고개를 끄덕였다.

"맞아. 그래서 기사로 쓸 수는 없지만 그렇다고 네가 발견한 단서를 가볍게 여기는 건 아니야. 이해해줘."

히야는 내 어깨에 손을 얹더니 예상보다 온화하게 말했다.

"우리노도 좀 변했네. 자리가 사람을 바꾼다더니. 설득력이 있었어. ……나도 딱히 마음이 상했던 건 아니야. 이유가 있으면 됐어."

그러더니 손을 떼고 공원 구석을 가리켰다.

"봐, 저거."

히야가 가리킨 것은 야트막한 언덕 위에 있는 정자 같은 건물이었다. 사방을 에워싼 잔디 사이로 좁은 길이 뻗어 있다. 건물은 쉼터로 안성맞춤인지 사람들이 제법 보였다.

유심히 보았다. 지금은 쉬는 사람들이 있지만 심야라면 아무도 없겠지. 사람들 몰래 접근할 수도 있을 것 같고, 심지어 목조 건물이었다.

"그러네. 불도 잘 붙을 것 같고 노리기도 쉽겠어."

파이어맨의 6월 표적으로 알맞아 보였다. 히야는 쓴웃음을 흘렸다.

"정말 무섭네. 그게 아니라 더우니까 저기서 좀 쉬자는 뜻이었어."

아, 확실히 이 습도에는 지친다.

"그럼 그렇다고 말을 하지."

민망함을 감추려고 그리 말하자 히야는 소리 없이 웃었다.

흙이 그대로 드러나 있는 비탈길을 올라갔다. 공원에 들어왔을 때는 아직 군데군데 젖어 있었는데, 잠깐 이야기하면서 걷는 사이에 꽤 말랐다. 하늘은 여전히 흐린데 그만큼 기온이 높아졌다는 뜻이리라.

정자에는 나이가 지긋한 부부가 앉아 있었다. 자리는 널찍하니 여유가 있다. 우리는 부부와 거리를 두고 자리를 잡았다. 정사각형 정자는 천장이 높고 벽이 없어 바람이 잘 통했고, 놀라울 정도로 시원했다. 둘이 나란히 앉기는 했지만 이 쾌적함을 깨기 싫어 히야에게서 조금 떨어졌다.

"흔치 않은 그림이네."

히야가 말했다. 하긴, 공원 정자에서 남고생 둘이 더위를 식히는 모습은 조금 우스꽝스러울지도 모른다. 뭐, 실제로 더우니 부끄러울 건 없지만. 히야가 천장을 올려다보며 중얼거렸다.

"그나저나 사과할 게 하나 있어."

갑자기 무슨 소리인지 영문인지 알 수가 없었다.

"사과? 왜?"

"기억할지 모르겠는데……."

히야의 시선이 내려왔다.

"작년 여름방학 직후였을 거야, 우리노는 어떤 사건을 다루고 싶어 했지?"

나는 고개를 끄덕였다. 작년 여름방학에 있었다는 유괴 사건을 기사로 쓰고 싶었다. 생각해보면 그게 시초였다.

"어째서 그런 걸 쓰려고 하는지 이해가 안 갔어. 그랬더니 너는 당당하게 내세울 만한 일을 하고 싶다고 했지. 아무것도 하지 않고 졸업하기는 싫다, 그래서야 중학교 삼 년 생활을 반복하는 꼴이라고. 이제 와서 말하지만 나는 그때 이 녀석 참 어린애 같은 소리를 하는구나, 하고 조금 한심하게 생각했어."

히야는 희미한 미소를 머금고 그렇게 말했다.

"우리는 그렇게 한가하지 않아. 일정대로 따라가기만 해도 시간은 눈 깜짝할 사이에 흘러가. 게다가 명성을 원해도 후나도 고등학교 안에서나 통하는 거지. 그런 작은 명성을 원하다니 어리석다고 생각했어.

하지만 그후로 우리노는 훌륭하게 명성을 높였지. 부장도 되었고, 아직은 일부에 그칠지 모르지만 학교에서 소문도 자자해. 그 사건은 점점 커져서 동네에서는 자체 순찰이나 방재 훈련을 실시하려는 움직임도 확산되고 있어. 신문에도 나왔고."

"아아. 읽었어."

"거기에 만족하지 않고 이렇게 다음 공격을 준비하고 있어. 혹시나 성공하면 경찰에서 감사장을 주지 않을까?

그런데 나는 일주일에 엿새 학원에 다니는 게 고작이야. 예상대로 시간은 눈 깜짝할 사이에 흘렀어."

히야는 주먹을 불끈 쥐고 있었다.

"솔직히 지금 나는 한 달에 한 번, 우리노가 쓰는 기사를 보면 마음이 정말 후련해. 통쾌해. 뭐랄까, 기사를 말하는 게 아니라 이 녀석 정말 열심히 하는구나, 그런 생각을 하면 마음이 편해지는 거야. 그러니까 그날, 속으로 널 비웃었던 걸 사과하고 싶어."

히야는 말을 마치고 잠시 입을 다물더니 장난스레 웃었다.

"이상한 얘기를 했네."

"아니……. 나야말로 네게 도움만 받고 있어."

"난 별로 한 일 없어. 뒤에서 살짝 장난이나 치는 거지. 그보다……."

히야는 침묵이 싫은지 자꾸 말을 이었다.

"이번 달에야말로 뭐더라, 파이어맨을 체포할 작정이지?"

두말하면 잔소리다. 고개를 끄덕였다.

그러자 히야는 조금 어두운 표정으로 말했다.

"찬물을 끼얹기는 싫은데, 이번 달에는 어려울지도 몰라."

나는 눈썹을 찌푸렸다.

이번 달 범행 예정지, 기타우라 정은 굳이 따지자면 신흥 지역이다. 이 성터 공원도 그리 오래되지 않았고 종합 운동장은 재작년에 완공했다. 그만큼 번잡하지 않아 오히려 감시하기에 알맞을 것 같았는데.

"쉬울 거라고 생각하지는 않아. 부원이 좀더 있으면 좋겠지만."

"그런 뜻이 아니야. 내가 오해를 사게끔 말했나 보네."

히야는 쓴웃음을 짓더니 손가락을 쭉 뻗었다. 벽이 없는 정자 너머 하늘을 가리켰다.

"주간 일기예보 못 봤어? 다음주 날씨가 굉장히 나빠. 파이어맨이 과연 비를 맞아가면서까지 규칙대로 불을 지를까?"

아까까지 흐리기만 했던 하늘이 어느새 어두워졌다. 어느 틈에 공원의 인적도 줄었다. 정자에 있던 부부도 사라졌다. 또 비가 내릴 것 같다.

"그렇군……."

일리가 있다. 범인의 이동 수단을 자동차로 예상하고 있는 나는 비가 내려도 범행을 저지를 거라고 생각했다. 하지만 비가 내려서 중단할 가능성도 염두에 두어야 한다.

게다가 패기 없는 신문부원들은 비를 뚫고 감시하러 가라고 해도 말을 듣지 않을 것이다. 날이 맑아야 할 텐데…….

바로 생각에 잠긴 나를 보고 히야가 미안한 기색으로 말했다.

"그럴 생각은 아니었는데, 제대로 찬물을 끼얹었나 보네."

\*

6월 13일, 두 번째 금요일.

비를 걱정할 때가 아니었다. 태풍이 올 시기는 아직 멀었는데 강력한 대형 태풍이 일본에 근접했다. 다행히 상륙하지는 않았지만 기라 시는 고스란히 강풍 권역에 들어갔다. 오전에는 심하지 않았지만 오후부터 폭우가 내려 호우 홍수 경보까지 발령되었다.

제정신이라면 애초에 연쇄 방화도 저지르지 않겠지만, 설마 이런 날에 규칙대로 불을 지르러 가는 범인은 없겠지. 심야에는 폭풍 권역에도 들어간다고 했다. 태풍이 올 때마다 강물이 얼마나 불었는지 구경하러 갔다가 목숨을 잃는 사람이 있다. 불을 지르려고 나갔다가 태풍 때문에 죽는다면 그야말로 개그다.

신문부원들에게는 맑으면 감시 작전을 펼치겠다고 전달했다. 흐려도 감시, 비가 조금 떨어져도 감행. 하지만 호우를 상대로는 그런 말도 할 수 없다. 다들 냉큼 돌아갔겠지만 그래도 한 명쯤 대기하고 있을지도 모른다. 혹시 몰라 방과후 인쇄 준비실로 가보았다.

문은 잠겨 있지 않았다. 누가 부실에 있다. 다른 녀석들보다는 그나마 의욕이 있는 이치하타거나, 선배로서 조금은 책임감을 느끼는 이쓰카이치겠지. 그렇게 생각하며 나직하게 한마디 하고 문을 열었다.

"여."

부실에 있던 사람은 이치하타도 이쓰카이치도 아니었다. 신문부에는 남학생밖에 없는데, 남자도 아니었다. 그 인물은 의자에 앉아 빗방울이 떨어지는 유리창을 등지고 미소를 짓고 있었다.

"역시 왔구나."

"오사나이……."

"올 줄 알았어."

교복은 하얀 하복으로 바뀌었다. 용케 왼손 하나로 문고본을 펼쳐 들고 있다. 오사나이는 읽던 책을 책상에 내려놓고 내 표정을 구경하듯 고개를 갸웃거렸다.

"여긴 어떻게?"

저도 모르게 그런 말이 튀어나왔다. 오사나이가 키득키득 웃었다.

"어떻게는, 당연히 문으로 들어왔지."

"열쇠는?"

"교무실에서 신문부라고 하면 빌려줘. 아, 이 말도 전하랬는데. 태풍이 부니까 빨리 끝내고 돌아가래."

오사나이는 신문부가 아니다. 그런데 전혀 거리낌이 없다. 뭐, 그렇게 나쁜 짓을 한 것도 아니니 법석을 떠는 것도 볼썽사나운가. 나는 책가방을 책상에 내려놓았다.

"그러네, 늑장 부리다간 집에 못 돌아갈지도 몰라. 벌써 제법 내리니까."

"이번 태풍은 비가 강한가 봐. 바람은 아직 그리 세지 않아."

그래도 비는 바람을 타고 쏴아아, 간헐적으로 세차게 몰아
쳤다. 오사나이밖에 없다는 건 다른 부원들은 일찌감치 돌아
간 것이다.

"하지만 오늘은 13일의 금요일이라 걱정스러워. 빨리 돌
아가는 게 좋겠어."

"그런 걸 믿어?"

"어?"

"13일의 금요일은 재수가 없다거나."

그토록 케이크를 사랑하는 소녀 취향으로 보건대 오사나이
가 운세나 징크스를 믿는 성격이라 해도 이상할 건 없다. 다
만 지금까지 그런 기미가 없었기 때문에 조금 뜻밖이었다. 오
사나이는 생긋 웃었다.

"응, 나쁜 일이 생길 것만 같아."

그러더니 문득 생각났다는 듯이 말했다.

"아, 금요일이라고 하니 생각났어. 지난번 《월간 후나도》
읽었어. 고생했지? 파이어맨이라는 이름도 우리노가 생각해
낸 거지?"

그렇긴 한데 히야의 평가가 나빴기 때문에 어쩐지 거북했
다. 오사나이는 그런 내 심경을 꿰뚫어 보았는지 이렇게 말해

주었다.

"난 좋았는데."

다만 그 말이 꼭 격려처럼 들려서 오히려 그렇게 별로였나 싶었다. 파이어맨, 뜻은 맞을 텐데……. 뭐.

"읽어준 건 고마워."

오사나이는 《월간 후나도》를 배포한 1일에도 문자를 보내주었다. 역시나 "읽었어. 고생했지?"라는 문자였다. 이미 했던 말을 굳이 또 하는 이유는 달리 하고 싶은 말이 있기 때문이다. "그래, 뭐가 생각났다는 거야?"라고 묻자 오사나이는 조금 걱정스러운 표정으로 말했다.

"별건 아니야. 정말 사소한 일인데."

"응."

"기사가 조금 틀렸길래……."

오사나이가 미안한 기색으로 말해서 그런지, 나는 생각보다 충격을 덜 받았다. 하나의 기사를 오래 쓰다 보면 약간 실수할 수도 있다. 나는 가볍게 물었다.

"어디가 틀렸어?"

"응, 방화범이 10일 토요일에 고가 밑에서 자전거에 불을 질렀다는 부분……. 사실은 금요일인데."

그렇게 썼던가? 상세한 부분은 바로 떠오르지 않는다.

하지만 분명 있을 법한 실수였다. 나는 머리를 긁적이며 말했다.

"확인해볼게. 그런데 왜 굳이 이런 날에, 이런 곳에서 기다린 거야? 그걸 가르쳐주려고?"

"아니, 지금 건 어쩌다 생각났을 뿐이야. 있지, 우리노."

오사나이가 혀를 살짝 내밀었다.

"하고 싶은 이야기가 있었는데 휴대전화 배터리가 다 닳아서. 요즘 배터리가 빨리 닳아. 그래서 연락을 못 했어."

"집에 가서 문자로……."

"그럴 수도 있었지만, 나, 전화나 문자보다 만나서 이야기하는 게 좋거든. 왜, 그게 더 기쁘잖아?"

그런 말을 듣고 기쁘지 않을 리가 없다.

"알았어. 하지만 위험하니까 빨리 돌아가자. 할 얘기라는 게 뭔데?"

"세 가지야."

그렇게 말하는 오사나이가 세운 손가락은 어째서인지 두 개뿐. 아는지 모르는지.

"하나는 됐어. 오늘밤 감시하러 간다면 물어보려고 했는데."

"이 날씨에는 아무래도."

"응."

고개를 끄덕이는 모습이 몹시 아쉬워 보여 오히려 궁금해
졌다.

"만약에 간다고 하면 뭘 물어보려고 했는데?"

"아, 응. 대수로운 건 아닌데."

오사나이는 꼼지락거리며 내 눈치를 보더니 이윽고 작은
목소리로 말했다.

"기타우라 정 어디에, 사람들을 얼마나 배치할 건지 궁금
해서."

지난달의 실패를 반성하며 이번 달 인원 배치는 나름대로
고심했다. 일손이 부족하니 1학년 부원에게는 친구에게 도움
을 청하라고 했다. 그만큼 준비했는데도 천재지변은 당해낼
수 없다. 하지만 그보다…….

"그게 왜 궁금해?"

오사나이가 어리둥절한 얼굴로 대답했다.

"응? 그야 관심이 있으니까."

어떤 관심인지 잘 모르겠다. 하지만 너무 캐물으면 왠지
따지는 꼴이 된다.

언제였던가, 방과후에 그만 손을 뻗고 말았던 이래로 오사
나이 앞에서는 예전보다 입장이 약해졌다. 오사나이와 사귀

는 건 즐겁다. 그러니 억지를 부릴 수 없다. 오사나이가 내게 뭘 요구한 적도 없으니 휘둘리고 있는 것도 아니다.

"뭐, 그건 다음에 날이 맑을 때. ……그럼 두 번째 얘기는?"

"응!"

눈빛이 달라졌다. 오사나이와 사귄 지 이제 곧 일 년. 이 정도는 안다. 이것은 케이크 이야기를 할 때의 오사나이다.

"있지. 파이가 맛있는 팅커 링커라는 가게가 있었어. 작년에 문을 닫아서 이제 못 먹을 줄 알았는데……. 역 근처에 새 가게를 열었어. 팅커 테일러라는 이름인데, 복숭아 파이도 그대로 있어."

역시나. 나는 쓴웃음을 흘렸다.

"그거 다행이네."

"응. 다행이야. 그래서 말인데, 내일은 아마 태풍도 지나가고 날이 갤 거야. 우리노, 주말에 뭐해?"

아무 예정도 없었다. 다른 일이 있어도 오사나이가 부르면 무조건 따라간다.

"없어. 근데 정말 날이 갤지는 모르는 거잖아. 날이 개면 가자."

오사나이는 힘차게 고개를 두 번 끄덕였다.

한층 세찬 바람이 불어 유리창이 요란하게 흔들렸다. 우리는 반사적으로 창문을 보았다. 기분 탓인지 빗줄기가 조금 거세진 것 같다.

바람이 지나가자 오사나이가 말했다.

"슬슬 돌아가는 게 낫겠어."

"그러네. 그런데 세 번째 얘기는?"

"세 번째?"

오사나이가 이상하다는 듯이 되풀이했다.

"처음에 할 얘기가 세 가지 있다고 했잖아."

"으음…… . 이야기할 건 두 가지뿐이야. 아, 하지만, 그럼…… ."

오사나이는 치마 주머니에 손을 넣더니 열쇠를 꺼냈다.

"미안한데 이거 교무실에 반납해줘. 오늘 당직 선생님, 좀 거북하거든."

그쯤이야 식은 죽 먹기다. 열쇠를 내게 건넨 오사나이는 휴대전화로 시간을 확인하고 자리에서 일어섰다.

"그럼 내일, 날이 개면 만나!"

오사나이는 가방을 어깨에 메더니 인쇄 준비실을 박차고 나갔다. 서두르는 심정은 이해한다. 비도, 바람도 더 거세질 것이다. 오사나이가 어디 사는지는 모르지만 자전거로 통학

하니 가깝지는 않을 것이다.

나도 그만 돌아가자. 그렇게 생각하면서 무심코 부실을 둘러보다가 발견했다.

책상 위에 놓인 문고본. 아까 오사나이가 읽고 있던 책 ……. 서둘러 돌아가려다 깜빡 잊은 것이다.

"정말……."

별일이다. 오사나이가 똑 부러진다고 생각한 적은 없지만 분실이나 지각과는 인연이 없어 보였는데. 집에 가져갔다가 내일 날이 개면 만나서 돌려줄까? 아니, 이 폭우 속에 돌아가면 책도 젖어버린다. 여기 두었다가 월요일에 돌려주는 게 나으려나.

책은 뒷면이 위를 향해 있었다. 별생각 없이 뒤집어보니 제목이 조금 이상했다. 어떤 소설인지 짐작이 가지 않았다. 페이지 사이로 보이는 하얀 종이는 영수증일 것이다. 전에도 영수증을 책갈피 대신 사용하는 걸 보았다. 그보다 더 전에 봤을 때도 그랬다. 버릇인가?

그날 일은…… 기억에서 지워버리고 싶다.

오사나이가 기념이라며 주었던 영수증은 버렸다. 보기만 해도 부끄러웠으니까. 오사나이의 책에 영수증이 꽂혀 있는 것만 보아도 그때 일이 떠올랐다.

문고본을 들었다.

무슨 내용인지 읽을 생각은 없다. 영수증이 꽂혀 있는 페이지에 손가락을 넣어 영수증을 빼냈다. 지금도 오싹할 정도로 민망한데 어째서 굳이 그런 걸 보려고 했는지 모르겠다. 이 문고본을 살 때 받은 영수증 같았다. 가격은 세금 포함 609엔. 오사나이는 동전이 충분했던지 거스름돈 표시가 없었다.

이러면 마치 오사나이의 생활을 엿보는 것만 같다. 고약한 취미다. 자기혐오가 밀려와 영수증을 되돌려놓으려던 차에 문득 깨달았다.

"앗!"

외마디 비명이 튀어나왔다.

영수증에는 이 책을 산 가게와 날짜, 시간까지 빠짐없이 찍혀 있었다. 나는 무의식중에 작은 영수증을 두 손으로 움켜쥐었다.

빗줄기가 바람을 타고 또다시 창문을 때렸다.

## 산카이도 서점

기타우라 점
구매해주셔서 감사합니다.

6/12(목) 23:51

| | |
|---|---|
| **판매** 문고 | ¥580 (공급가) |
| **소계** | ¥580 |
| **소비세** | ¥29 |
| **합계** | **¥609** |
| **현금** | ¥609 |
| **거스름돈** | ¥0 |

4

겐고의 문자를 받기 전까지 나는 오늘이 '그날'인 줄 몰랐다.

한여름이 한 걸음 먼저 찾아온 듯한 무더운 날로, 아침부터 지금까지 하늘에는 구름 한 점 없었다. 찜통더위 속에서 나는 한 가지 기억을 떠올렸다. 이 동네에는 제프 벡이라는 케이크 가게가 있다. 가게도 작고 점원도 친절하다고 할 수는 없지만, 여름이 되면 특제 샬럿을 판다. 샬럿은 케이크 이름인데 모자에서 따왔다고 한다.

작년, 끔찍하도록 더웠던 어느 날, 나는 그 샬럿을 먹었다. 환상적이었다. 나는 달콤한 디저트를 특별히 좋아하지는 않는다. 하지만 그것만큼은 한 번 더 먹어보고 싶었다. 돌아가는 길에 들러서 사 가야겠다. 그런 기대를 품고 맞이한 방과 후, 돌아갈 준비를 하는데 휴대전화가 울렸다. 도지마 겐고의 문자로 내용은 이러했다.

준비 끝. 일단 이리로 와. 보고를 받아야겠어.

순간 무슨 소린지 이해할 수 없었다. 휴대전화를 조작해 달력을 확인한 다음에야 오늘이 7월 두 번째 금요일이라는 것을 깨달았다. 연쇄 방화 사건이 일어나는 날.《월간 후나도》의 기사가 정확하다면 아홉 번째 범행이 벌어질 날이다.

촌스러운 별명이 붙은 방화범을 찾아낼 운명의 날이다. 계획은 내가 세웠으니 와달라고 하면 거절할 수 없다. 겐고의 교실로 찾아가긴 했지만 그래도 기분이 썩 좋지는 않은 것은 어쩔 수 없었다.

겐고의 교실에는 학생들이 많이 남아 있었다. 5월에 이쓰카이치를 만났을 때는 우리밖에 없었는데. 나머지 공부를 하는 학생들은 공책을 펼치고, 어떤 학생은 참고서에, 또 어떤 학생은 문제집에 몰두하고 있었다. 대학 입시에서 피할 수 없는 수라장, 고등학교 3학년 여름방학이 다가오고 있다는 사실이 생각하기 싫어도 떠올랐다.

겐고는 자기 자리가 아니라 다른 친구들을 피해 교실 구석에 서 있었다. 휴대전화는 책상 위에 있었다.

"지금, 신문부는 작전 회의중이야. 회의가 끝나면 이쓰카이치가 연락할 거야. 문자도 괜찮다고 말은 했는데, 올 수 있으면 여기로 오겠다고 했어."

겐고가 힘상궂은 얼굴로 그렇게 말했다. 책상 위에는 복사지 한 장. 《월간 후나도》 7월호 8면, 원고 사본이었다.

나는 흘깃 보고 중얼거렸다.

"기네. 이거, 점점 길어지고 있지 않아?"

"맞아."

겐고가 불쾌한 기색으로 끄덕였다.

"길어지고 있어. 원래 칼럼은 편집후기 빈 공간을 유용했는데, 다른 기사를 줄여서 지면을 넓혀가고 있어."

"이런 일이 흔해?"

"아니, 원칙적으로는 안 해. 레이아웃도 엉망이 되니까."

전 신문부 부장이라는 걸 알고 있는데도 겐고의 입에서 레이아웃이라는 단어가 튀어나오니 조금 우스웠다.

"원칙에서 벗어났다면 전임 부장으로서 충고하면 되잖아?"

가볍게 농담을 던지자 겐고는 살짝 짜증스러운 얼굴로 말했다.

"힘없는 과거의 부장일 뿐이야. 현재 부원들이 정한 사항에 참견할 생각은 없어."

훌륭한 선배라고 해야겠지만 칼럼 확대는 아마 '현재 부원들이 정한 사항'이 아닐 것이다. 십중팔구 우리노의 전횡이다. 뭐, 내가 신경쓸 문제는 아니다. 기사에 눈길을 떨어뜨렸다.

---

(7월 1일 《월간 후나도》 8면 칼럼)

학생 여러분은 혹시 눈치챘는가? 작년 10월부터 이어진 연쇄 방화 사건, 우리 신문부가 집요하게 추적하고 있는 사건에 한 가지 이변이 있었다는 사실을.

우리가 파이어맨이라 이름 붙인 범인은 지난달, 방화를 저지르지 않았다.

기라 시 전체로 보면 화재는 여러 차례 있었다. 개중에는 방화도 있었다(6월 19일, 아카네베 1가에서 일어난 화재 말이다). 하지만 신문부의 검증에 따르면 그것은 절대 파이어맨의 소행이 아니다. 연쇄 방화는 맥이 끊긴 것이다.

파이어맨이 활동을 그만둔 것일까?

그렇지 않다. 바로 이 자리에서 공표하건대, 그는 항상 두 번째 금요일 심야부터 토요일 사이에 불을 질렀다. 사실 그날, 6월 13일에서 14일 사이에는 태풍이 불었다. 퍼붓는 비 때문에 파이어맨은 범행을 단념했다.

지난달에 범행을 하지 못해 그는 마음을 고쳐먹은 걸까? 그

---

러기를 바라지만, 이 칼럼은 그렇다는 보장은 없다고 생각한다. 아마도 그는 이번 달 두 번째 금요일에 폭우가 쏟아지지 않는 한, 또 범행을 저지를 것이다.

우리 신문부는 파이어맨이 여전히 기타우라 정을 노린다고 예측하고 있다. 아마도 그것이 그의 규칙일 것이다. (우리노 다카히코)

"그의 규칙이라."

나는 한숨 섞인 목소리로 그렇게 중얼거렸다.

"뭐야, '그녀'일지도 모른다고 말하고 싶어?"

연락을 기다리는 사이 겐고도 심심했는지 그런 시시한 소리를 했다. 뭐, 우리노는 범인이 남자라고 생각할지도 모르지만.

그게 아니라.

"기타우라를 계속 노릴 거라고 생각하는 이유를 모르겠어."

"그러네……."

겐고도 기사에 눈길을 떨구었다.

"몇 월에 어느 분서의 관할 지역을 노릴지 정해두었다면 그런 규칙을 우선할지도 몰라. 기타우라 분서 다음은?"

"하리미 분서. 겐고도 생각 좀 하는데?"

겐고는 노골적으로 불쾌한 기색을 드러냈다.

"그 정도로 뭘 생각까지 해?"

'저는 어려운 생각은 못 합니다'라는 주장이나 다름없는 소리를 굳이 할 필요는…….

"웃지 마."

"안 웃었어. 확실히 그래. '미리 스케줄을 짜놓았다는 가설'은 그럴싸해. 나라면 그쪽을 밀겠어. 이유가 있으니까."

겐고가 의아한 표정으로 물었다.

"이유?"

"응."

나는 의자에 몸을 깊이 묻었다.

"최초의 방화가 10월 하마에였지. 그리고 한 달에 한 곳씩, 기라 시 소방 분서 관할 지역에서 방화 사건이 일어나고 있어."

겐고의 얼굴과 태도가 말보다 뚜렷하게 '다 아는 얘기를 왜하느냐'고 말하고 있다. 박력 넘치네. 고등학교 3학년쯤 되면 1학년 때와는 분위기도 달라진다. 개의치 않고 말을 이었다.

"그런데 겐고, 기라 시에 소방 분서가 몇 개나 있는지 세어 봤어?"

이것도 얼굴과 태도로 알 수 있었다. 안 세어봤구나. 정말 솔직한 녀석이다. 앞으로 겐고가 빗나간 길을 걷는다 해도 사기꾼만큼은 되지 못할 것이다.

"분서는 전부 열두 개야."

"열두 개? 그렇다면……."

"맞아."

나는 웃으며 끄덕였다.

"정확히 일 년이면 모든 분서의 관할 지역에 불을 지를 수 있어. 범인이 날짜의 규칙이나 순서보다 이 기간을 더 중시한다고 생각해도 이상하지 않아."

겐고가 슬그머니 몸을 내밀었다.

"그럼 설마, 하리미에?"

나도 모르게 얼굴을 찌푸리고 말았다.

"설마는 무슨, 방화의 표적은 기타우라야. 그래, 틀림없어."

칠판 위 시계를 보았다. 낮이 긴 계절이라 아직 저녁이라고 하기에는 이른 시간이었다. 운동장에서는 운동부가 자외선을 뒤집어쓰고 있다. 신문부 작전 회의는 언제 끝날까? 고민해봤자 답이 나오지 않는 문제니 냉큼 끝내주면 좋겠다. 제프 벡이 언제 문을 닫는지는 모르지만 샬럿은 늦게 가면 다 팔리고 없을지도 모른다.

그런 생각을 하고 있으려니 이번에는 겐고가 속을 꿰뚫어 보았다.

"심기가 불편해 보이네."

전 신문부 부장의 관찰력은 우습게 볼 수 없다. 아니면 나도 얼굴에 잘 드러나는 타입인가? 설마, 그럴 리가.

"좀……."

"이런 문제에는 투덜거리면서도 신나게 덤벼드는 녀석이 어쩐 일이야? 뭐 마음에 안 드는 점이라도 있어?"

그렇게 말하는 겐고야말로 마음에 안 드는 점투성이라는 듯이 짜증스러운 표정이다. 사실은 더워서 빨리 돌아가고 싶다는 이유로 짜증이 난 거지만, 그렇게 말하면 체면이 서지 않으니 변명을 해보기로 했다.

"맞아. 마음에 안 들어. 마음에 안 드는 이유가 세 가지쯤 돼."

세 가지나 될까?

"먼저 첫 번째. 문자로도 충분할 텐데 어째서 학교에서 기다려야 하지?"

"네가 통 연락을 안 받으니까 그렇지. 문자면 된다고 미리 말했으면 이쓰카이치한테도 그렇게 전했을 거 아냐."

뭐, 그 점은 확실히 내 잘못도 있다. 아까까지 잊고 있었고.

"그럼 두 번째. 6월에 비가 내렸다는 게 맘에 안 들어."

나는 이쓰카이치의 도움을 받아 작전을 짰다.

만약 범인이 6월에 방화를 저지르면 용의자는 자연히 추려진다. 그 정보를 바탕으로 범위를 좁혀, 7월 방화 당일에 현행범으로 붙잡는다. 그리고 8월 여름방학은 열심히 입시 영어를 정복한다. 그럴 계획이었다.

그런데 하필 비가.

"오늘 작전은 문제없을 거야. 하지만 한 달 대기는 감수할 수밖에. 시간이 걸리는 게 귀찮네."

겐고도 똑같은 생각을 했던 모양이다. 작게 신음하더니 떨떠름하게 한마디했다.

"천재지변이니 별수없지."

뭐, 요즘은 영어 점수도 조금씩 안정을 찾고 있으니 귀찮기는 해도 초조하지는 않다.

자, 이것으로 마음에 들지 않는 이유를 두 가지 들었다. 울분도 대강 쏟아냈다. 하지만 나는 아까 세 가지 불만이 있다고 말해버렸다. 둘보다 셋이 깔끔해 그만 그렇게 말해버렸는데 어쩐다?

"그래서 세 번째는?"

겐고의 재촉에 고민에 빠졌다. 이 사건에서 마음에 안 드는 점은······.

"수동적인 자세가 마음에 안 들어."

갑자기 겐고의 표정이 진지해졌다.

"수동적인 자세라."

"그래. 나는 보다시피 시시한 사건을 끝내려고 애쓰고 있어. 오사나이가 어떻게 얽혀 있는지 아직 잘 모르지만 어쨌거나 끝내고 싶어. 그런데 한 번은 피해를 지켜봐야만 해. 이건 수준 낮은 계획이야. 기사로 쓰려고 방화를 방관하는 신문부와 별 차이가 없어. 어떻게든 더이상 불을 내지 않고 끝낼 방법을 찾을 수 있지 않았을까?"

나는 어깨를 움츠렸다.

"그게 마음에 안 들어."

뭐라고 한마디할 줄 알았는데 겐고는 입을 다물어버렸다. 나도 더이상 할말이 없었고, 무엇보다 심기가 불편했기 때문에 입을 다물었다. 책상 위 원고가 눈에 거슬렸다.

대화를 하지 않을 거라면 나는 따로 할 일이 있다. 주머니에서 단어장을 꺼내 영어 숙어를 외우기 시작했다. 겐고는 팔짱을 낀 채 눈을 감고 있었다.

안 더운가?

그대로 몇 분. 꼼짝도 하지 않던 겐고가 느릿하게 입을 열었다.

"역시 너한테는 말해둘까."

겐고에게 아직도 더 털어놓을 이야기가 있을 줄은 몰랐다.
단어장을 덮었다.

"뭔데?"

기껏해야 신문부 내부 극비 정보겠지? 대수롭지 않게 생각
한 나는 다음 말을 전혀 예상하지 못했다.

겐고가 말했다.

"경찰이 찾아왔어."

"뭐?"

"작년 이사와 사건 때문에 형사를 만났잖아. 그 형사가 전
화해서 만나고 싶다더니, 후나도 고등학교에서 방화 현장을
예측하는 놀이가 유행하고 있다는 게 사실이냐고 물었어."

이사와 사건이란 여름철 한정 트로피컬 파르페 사건을 가
리킨다. 그 사건에서 나는 딱히 경찰에 아는 사람이 생기지
않았지만 겐고는 달랐던 모양이다. 그것도 모르고 있었다.

그 사건에서 겐고는 경상이라고는 해도 상해죄 피해자였
다. 나보다 경찰과 인연이 깊을 만도 한가.

"그래서 뭐라고 대답했어?"

겐고의 언동을 예측하지 못한 건 처음이지 않을까? 적어도

굉장히 오랜만인 건 분명하다. 한심하게 우스꽝스러운 목소리가 튀어나왔다.

겐고도 심기가 불편해 보였다. 교실에 남아 있는 다른 학생들을 힐끗 보더니 우리에게 무관심한 것을 확인한 뒤에 작게 말했다.

"뭐라고 하긴, 숨길 수 없잖아? 전부 얘기했어. 분서 관할 지역 순서대로 사건이 일어나고 있다는 것도."

전부라고 했지만 아직 전부 사실로 판명된 건 아니다.

"그러니까 어디까지? 이 계획에 대해서는?"

"음, 그건 말 안 했어. 어쨌거나 아직 아무것도 모르잖아."

조금 안도했다.

"우리노 이름도 말 안 했어."

"꽤 많이 숨겼네."

"묻지도 않았으니까. '소문이 그렇습니다'로 일관했지."

신문부가 소문의 출처라는 사실도 숨겼다는 건가? 경찰관을 상대로?

뭐랄까, 역시 겐고는 일반인보다 조금 더 담이 크다. 나였다면 분명히 말했을 거다.

"경찰이 그걸 믿을까? 아니, 그보다 '방재 계획' 역순이라는 걸 몰랐을까?"

"글쎄⋯⋯."

겐고가 중얼거리다가 고개를 저었다.

"딱히 놀라는 눈치는 아니었어. 내 말을 안 믿는다면 다른 녀석들에게도 물어보겠지. 경찰이 찾아오기만 해도 이 녀석 무슨 짓을 했나, 하고 소문이 퍼지니 학생들을 만날 때는 조심한다고 했어."

조금 이상했다. 경찰에는 고등학생만 상대하는 부서도 따로 있을 텐데. 방화 사건을 조사하는 건 다른 부서란 뜻인가?

"그나저나 연쇄 방화가 이렇게 이어지면 경찰도 체면이 구겨지겠어."

"푸념하더라. 방화는 불만 붙여놓고 달아나면 알아서 타니까 수사가 어렵대. 이번처럼 작은 화재는 증거가 잘 안 남아서, 현행범으로 잡지 않으면 어쩔 도리가 없다나 봐. 피해 규모도 작으니 일손을 내주지도 않는다더군.

난 잘 몰랐는데, 십 년쯤 전에도 이 마을에서 연쇄 방화 사건이 있었대. 넌 알고 있었어?"

안타깝게도 범죄사에는 어두워서. 그보다 경찰관이 겐고에게 푸념을 했다고? 역시나 겐고⋯⋯. 그렇게 말하고 싶지만 아마 약점을 보여줘서 이야기를 끌어내는 화법이 아니었을까? 그 자리에 있었다면 재미있었을지도 모른다.

"그때는 범인 자택 주변에 피해가 집중되어 있었는데, 이 년 가까이 잡지 못했대. 그것도 수사로 잡은 게 아니라 우연히 순찰에 걸린 거라더군."

"허, 운이 좋았다고 해야 하나, 이 년이나 못 잡았으니 운이 나쁘다고 해야 하나."

"이번에는 범위가 마을 전체잖아. 뭐, 범행일에 특징이 있어 그나마 다행이라고 하더라."

확실히 사건은 전부 금요일 심야에 발생했지만 그렇다고 다른 날은 괜찮다고 안심할 수도 없을 테고.

겐고는 거기까지 얘기하고는 문득 입을 다물었다. 개운치 않은 표정을 보아 하니 경찰이 접촉해 왔다는 게 껄끄러운 모양이다. ……아니, 그게 아닌가? 각오를 굳히고 내게만 이야기한다는 전제를 두고 말했을 정도니 신문부에 껄끄러운 건가.

이윽고 무거운 어조로 말했다.

"야, 조고로. 경찰이 정말 내가 말한 '후나도 고등학교의 소문'을 듣고 기타우라 정을 집중적으로 감시할 것 같아?"

"그렇진 않겠지."

"그런가."

기라 시에도 곳곳에 유적이나 인구 밀집 지역이 있다. 경찰이 아무리 '후나도 고등학교의 소문'을 믿는다 해도, 기타우라에 모든 자원을 투입했다가 뒤통수라도 맞는 날에는 체면 문제로 끝나지 않는다.

아하. 겐고의 심기가 불편한 이유를 알겠다.

"어쨌거나 이렇게 오래 계속되고 있으니 경찰도 금요일 밤에는 순찰을 강화할 수밖에 없을 거야."

"음."

"네가 무슨 말을 했든 똑같아."

"그렇겠지."

"그러니 오늘밤, 만약 신문부원이 경찰에 걸리더라도 겐고가 후배를 팔아넘긴 건 아니야."

순간 겐고의 얼굴이 잔뜩 일그러졌다. 뭔가 말하고 싶은 눈치였는데 결국 "그래"라는 한마디뿐이었다. 좋은 선배 노릇도 힘든 일이다.

그 얼굴을 보면서 나는 약간 망설였다.

사실은 한 가지 더, 겐고에게 말해야 했을지도 모른다. 지금 이야기로 추측건대 경찰은 용의자를 찾아낸 것 같다.

전에 학생 지도부의 어느 선생님은 방화 현장을 예측하는 걸 보니 신문부가 방화범이 아니냐고 의심했다고 한다. 구체적으로 말하면 기사를 쓰고 있는 우리노를 의심했다는 뜻이다.

그때 선생님의 태도가 상당히 히스테릭했다는데, 그야 의심하는 것도 당연한 일이다. 자세한 사정을 모르고 《월간 후나도》와 사건 경과를 비교해보면 누구나 기사를 쓴 사람의 자작극이라고 생각할 것이다. 경찰이 '후나도 고등학교의 소문'을 알고 있다는 건 《월간 후나도》를 읽었다는 의미다. 그 칼럼을 봤다면 우리노를 의심하는 게 당연하다. 칼럼에는 필자의 이름까지 붙어 있다.

그렇지만 아직까지는 이쓰카이치로부터 경찰이 우리노를 찾아갔다는 정보를 듣지 못했다. 우리노를 직접 만나본 적은 없지만 들은 이야기를 종합해보면 경찰이 협조를 요청하는 날에는 흥분해서 주위에 떠벌리고 다닐 성격이다. 그렇지 않다는 사실은, 경찰은 겐고에게는 접촉했지만 우리노에게는 접촉하지 않았다는 뜻이리라. 소문의 출처를 직접 조사하지 않는 이유는?

고작해야 '후나도 고등학교의 소문'이라고 우습게 생각하고 거들떠보지 않는 걸까? 그럴지도 모른다.

그렇지 않다면……. 감시하에 풀어주고 있는 건지도 모른다.

화재 규모가 작고 증거도 잘 남지 않아 현행범이 아니면 체포하기 힘들다. 경찰이 그렇게 생각한다면 가장 유력한 용의자인 우리노를 감시할 것이다. 섣불리 접촉했다가 그걸 계기로 범인이 앞으로 신중하게 나온다면 사건은 종식될지도 모르지만 범인은 잡을 수 없다.

금요일 밤은 특히 더 신중하게 감시해 방화 현장을 덮치려 하지 않을까?

그렇게 생각했지만 겐고에게 알려주지는 않았다.

말한다고 어떻게 될 일도 아니다. 전부 추측에 지나지 않고, 설사 그게 사실이라 해도 도와줄 마음은 전혀 없으니까.

나는 다시 단어장을 넘기기 시작했다. 겐고도 눈을 감고 가만히 있었다.

그렇게 몇 분쯤 더 지났을 때 책상 위에 있던 겐고의 휴대전화가 부르르 떨렸다. 겐고가 팔을 쭉 뻗어 휴대전화를 열어 귀에 댔다.

"나다."

문자가 아니라 전화인 모양이다. 상대방이 일방적으로 말하고 있는지 겐고는 아무 말도 하지 않았다. "알았어. 조심해"라는 말을 끝으로 전화를 끊었다.

누구의 연락인지 물어볼 필요도 없었다. 이쓰카이치다. 작전 회의가 끝나 보고를 한 것이다. 내가 입을 열기 전에 겐고가 짧게 말했다.

"문제없대."

그거 다행이다. 그 한마디를 듣기 위해 이렇게 남아 있었던 것이다.

"덫에 걸릴 것 같아? 들키면?"

"다음 작전을 짜면 돼. 대안은 세 개쯤 있어."

가방을 들고 일어섰다.

"난 돌아갈게. 이제 할 수 있는 일도 없으니. 신문부원들이 천우신조로 현장을 덮칠 수 있기를 바랄게."

그렇게 되면 8월까지 끌지 않아도 된다. 자, 샬럿을 사러 가자. 겐고에게 등을 돌린 순간, 이번에는 내 휴대전화가 부르르 떨렸다.

"응?"

"왜 그래?"

"아니, 문자. 누구지?"

발신자를 보니 나카마루 휴대전화. 메시지는 짧았다.

학교에 있으면 교실로 와줘.

평소 나카마루가 보내는 문자와 달리, 특이한 점이 한 가지. 이모티콘이 하나도 없었다.

*

겐고의 교실에서는 몇몇 학생들이 열심히 공부하고 있었다. 그래서 우리 교실에도 몇 사람은 남아 있을 줄 알았다.

미닫이문을 열었다.

굽슬굽슬한 머리카락을 어깨에 늘어뜨린 나카마루가 창을 등지고 서 있었다. 창문이 조금 열려 있는지 불어오는 바람에 여름 교복 스카프가 하늘거렸다. 지어낸 미소가 딱딱해 보인다. 교실에 다른 아이들은 없었다.

어디선가 본 적이 있다. 언젠가, 본 듯한.

……아아, 그런가. 그리 오래전 일이 아니다. 어쩐지 기억난다 했다.

작년, 아직 더웠던 9월 방과후. 책상 속에 들어 있던 한 통의 쪽지를 보고 만나러 갔던 그날과 똑같은 장면이다. 여름 교복도, 바람마저도 똑같다. 내 기억이 옳다면 하늘빛만 다르다. 그날은 분명 저녁노을이 아찔하리만치 붉지 않았던가? 오늘은 맑고 푸르다. 아침부터 구름 한 점 없어, 짙은 하늘색이 그대로 이어지고 있다.

"왔네."

나카마루가 그렇게 말하며 창문을 닫았다. 나도 교실로 들어가 뒷손으로 문을 닫았다.

"아무도 없네. E반은 애들이 꽤 남아 있던데."

"방금 전까지는 있었어."

나카마루가 별일 아니라는 듯이 말했다.

"나가달라고 했지만."

그 광경이 눈에 선하게 떠올라 조금 유쾌해졌다. 천진한 사교성을 가진 나카마루는 아마도 '자자, 나가요, 나가. 내가 좀 쓰게'라고 말했으리라. 나카마루에게 우선권이 있는 것도 아닌데 남아 있던 아이들은 쓴웃음을 흘리며 고분고분 나갔을 게 틀림없다. 인생을 편하게 사는 타입이기는 하다. 나는 그렇게 못 한다.

"갑자기 불러내서 미안해."

목소리에 기운이 없다.

"괜찮아. 나카마루가 부르면 언제라도."

그렇게 웃으며 말하는데 나카마루가 살짝 고개를 숙였다.

"고바토 짱은 그대로네."

난데없이 무슨 소리지? ……뭐, 아까 겐고에게 들킨 후로 불편한 심기가 얼굴에 드러나지 않도록 신경쓰고 있기는 한데.

불러냈으니 용건이 있을 텐데, 나카마루는 그대로 입을 다물어버렸다. 내일이 주말이니 어디 놀러가자는 이야기일까?

여름방학 계획을 물어보려고? 하지만 수다스러운 나카마루가 그런 이야기로 저렇게 망설일까? 이게 아니면 달리 꺼낼 만한 이야기는 무엇일까?

그런 생각을 하면서 아무 말도 않는 나카마루를 바라보았다. 이윽고 나카마루가 눈길도 마주치지 않고 물었다.

"고바토 짱, 나한테 하고 싶은 말이나 궁금한 거 없어?"

"딱히 없는데."

곧바로 대답했다. 그러자 나카마루는 날카로운 한숨을 푹 내뱉고 고개를 들었다. 뭔가 결심한 표정이었다.

"그대로야. 벌써 일 년이 다 되어가는데 예나 지금이나 그대로야. 설레지 않는 대신 지루하지도 않아. 늘 웃고 있지, 그렇게."

내가 웃고 있는지 어떤지는 모르겠지만 그렇게 말하는 걸 보니 웃고 있겠지.

나카마루가 조용히 말문을 열었다.

"요시구치한테 들었어. 내 소문, 알고 있지?"

요시구치가 누구지? 나카마루의 친구인가 본데…….

나카마루와 나눈 대화에서 요시구치라는 이름이 나온 적이 있었는지 기억을 더듬었다. 멍청한 짓만 하는 게 미우라, 의사를 꿈꾸는 '엄청 똑똑한' 친구가 다키. 그리고……. 어쩐다. 요시구치라는 이름에는 짐작 가는 바가 없었다. 허세 부리지 말고 솔직하게 물어보자.

"요시구치가 누군데?"

내가 시치미를 뗀다고 생각했는지 나카마루가 사나운 눈길로 쏘아보았다.

"전 여자친구에 대해서 물었다면서. E반 요시구치 말이야."

"아아……"

내 불찰이다. 기억해내지 못했다. 이름이 겐고 입에서 튀어나왔다면 알아차렸을 텐데, '가방을 도둑맞았던 정보통'과 나카마루가 하나로 연결되지 않았다. 우려한 대로 '고바토가 전 여자친구에 대해 물었다'는 게 정보가 되었나.

"그러고 보니 그런 일도 있었어. 부득이한 이유가 있긴 했는데."

나카마루는 이유를 들어주려 하지 않겠지. 일이 귀찮게 됐다.

그렇게 생각했는데 나카마루가 문제를 삼은 것은 그 일이 아니었다.

"굳이 변명 안 해도 돼. 내가 하고 싶은 말은 내 소문도 알고 있지 않느냐는 거야."

그때 들은 건 '오사나이와 우리노 사이에는 연결고리가 있다'는 이야기. 어렴풋이 예상은 했지만 확실한 정보가 들어오니 훨씬 작전을 짜기 쉬웠다. 그리고…….

그렇다, 분명히 들었다. 나카마루에 대한 이야기도.

양다리를 걸친데다가, 진짜 상대는 따로 있다.

"고바토 짱이 알고 있다는 말을 듣고 계속 눈치를 살폈어. 고바토 짱이 어떻게 나올까 싶어서. 하지만 아무 반응도 없었어."

"그런가?"

"그랬어. 지난번 데이트 기억해? 나는 혼자 눈치 보느라 급급했는데 고바토 짱은 토마토만 신경썼잖아."

토마토라면, 치밀한 추리 끝에 나카마루가 토마토를 싫어한다는 결론을 내렸던 날을 말하는 건가. 안타깝게도 변덕스러운 인간 심리에 묻혀 내 추리는 빗나갔다. 그리고 그날, 나카마루가 내 눈치를 보느라 급급했다는 기억은 내 머릿속에 없다. 그랬단 말인가?

평소에는 쾌활한 나카마루의 목소리가 오늘은 나직하다. 냉담한 것은 아니다. 격정을 억누른 듯한 목소리.

"처음에는 날 믿어주는 줄 알았어. 날 믿으니까 요시구치한테 들은 소문은 들은 체도 안 하는 거라고. 그래서 괴로웠어. 고바토 짱이 믿어준다면 내가 너무 나쁜 애잖아."

그렇다면 요시구치의 정보는 정확했나. 역시 겐고가 보증할 만하다.

"하지만 아니었지."

뭐, 응. 그건 아니야.

"고바토 짱, 내가 양다리를 걸쳐도 신경도 안 썼지? 사실은 다른 사람을 좋아해도. 아무래도 상관없었으니까 태연했던 거야."

덥다. 나카마루는 왜 창문을 닫았을까?

창문을 열고 싶었지만 나카마루가 똑바로 노려보고 있어서 눈길을 돌릴 수가 없다. 옴짝달싹 못 하겠다.

"……그전에도, 지금까지도 그런 남자애는 있었어. 자기는 신경 안 쓴다고, 어른스러운 척하는 애. 내가 그런 타입을 좋아했으니까."

나카마루가 살짝 미소를 머금었다.

"그런 애들도 내 소문을 듣고는 동요했어. 화를 내기도 하고, 다정하게 굴기도 하고, 울기도 했어. 오래가지는 않았지만. 다들 반년쯤일까."

그런 모습을 보면서 즐긴 걸까? 그만 버릇이 나와 그런 생각을 하고 말았다.

"그런데 고바토 짱은 그대로였어. 한결같았지. ……그래서 굉장히 다정하고 속이 넓은 사람이라고 오해할 뻔했어."

"오해라니 너무하네."

내 말은 나카마루의 귀에 들리지 않는 듯했다. 그녀는 혼자 이야기하고 있었다.

"아니었지?"

"글쎄."

"아니었어. 고바토 짱이 그대로였던 이유는 나를 믿었기 때문도, 속이 넓어서도, 다정해서도 아니었어. 난 알았어.

고바토 짱은 처음 그대로야. 작년, 학교에서 이렇게 사귀자고 고백한 뒤로 아무것도 변하지 않았어. 그렇게 데이트를 많이 했는데. 여기저기 다녔는데. 웃는 얼굴이 처음 만난 날 그대로야! 봐, 지금도!"

내게 손가락을 들이댔다.

나카마루, 섣불리 삿대질을 하면 못써. 그런 걸 못 참는 사람도 분명 있을 텐데.

나는 괜찮지만.

나카마루가 갑자기 생긋 웃었다.

"고바토 짱. 농담으로 시작했어도, 벌칙 게임으로 시작했어도, 껍데기뿐이라고 해도, 사랑은 사랑이야. 체온이 올라

가. 난 그게 좋아. 하지만 고바토 짱은 아니었던 거야."

평소의 발랄한 미소가 아니다.

"너 뭐야? 일 년 내내 똑같은 표정이라니, 정말 뭐야? 나, 고바토 짱을 하나도 모르겠어. 차가운 사람인 거야? 아니면 사람들이 다 우스워?

고바토 짱은 이해 못 하겠지만 나, 사귀던 애랑 헤어질 때면 늘 조금 분해. 나하고 헤어진 뒤에 이 사람은 다른 아이랑 사귀어서 다른 표정을 지을 거라 생각하면 분해. 하지만 지금은 안 그래. 고바토 짱은 누구하고 사귀어도 분명 똑같을 테니까. 전 여자친구하고도 똑같았겠지?"

빗나갔다, 그건 아니야.

나카마루는 평생 이해 못 하겠지만.

창밖에서 운동부가 달리기를 하며 내는 구령 소리가 들렸다. 슬슬 정리 운동을 할 시간대다.

"고바토 짱도 알겠지만, 이제 끝이야."

"응. 그건 알겠어."

"마지막으로 소원이 하나 있는데, 괜찮을까?"

나카마루의 눈이 장난스럽게 빛났다.

"조라고 불러도 돼? 멋지잖아."

나는 생글거리며, 재빨리 거절했다.

"싫어."

나카마루도 웃으며 발길을 돌렸다. 교실 가운데에서 내 옆을 지날 때 어깨 너머로 이렇게 말했다.

"바이바이, 고바토 쨩. 나도 그렇지만, 너도 나쁜 녀석이었어."

그래, 아마도.


날짜가 바뀐 지 얼마 되지 않은 한밤중에 문자를 받았다. 겐고였다.

작전은 성공. 신문부는 실패. 표적은 폐가 문기둥, 곧바로 진화.

답장은 보내지 않았다. 침대에 파고들어 긴 한숨을 내쉬고 꿈을 꾸며 잠들었다.

삼도천에서 돌탑을 쌓는 꿈.

쌓고 또 쌓아도 제 손으로 무너뜨린다. 쌓고, 쌓고, 또 무너뜨린다. 정말 쌓을 마음이 있기나 한지 의심스럽다.

꿈이었는지 아니면 새벽녘 가물가물한 정신으로 멍하니 생각한 것이었는지 모르겠다.

어느 쪽이든 이튿날 아침 일어나서 가장 먼저 한 일은 휴대전화 주소록 삭제. ……나카마루 휴대전화.

제 5 장 / **한여름 밤**

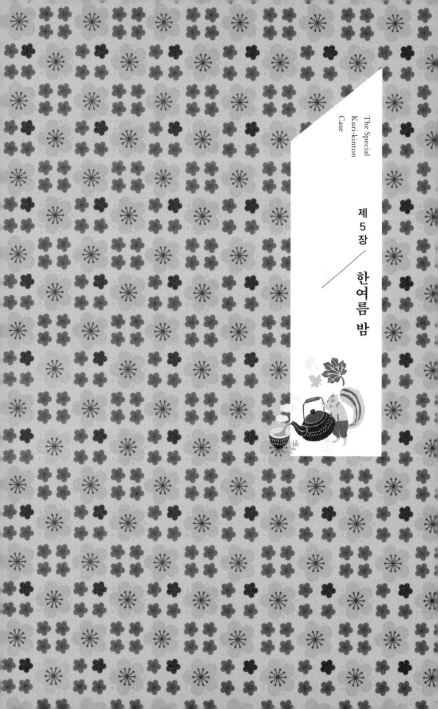

1

여름방학에도 후나도 고등학교는 기본적으로 건물을 개방한다. 주로 동아리 활동 때문에. 공부를 하러 오는 학생도 있는 모양이지만 숫자는 적다. 학교에는 냉방 기구가 없기 때문이다. 자리만 잡을 수 있다면 도서관이 더 시원하다.

8월 8일. 더운 학교 건물에 신문부원을 소집했다. 1학년 이치하타, 하라구치, 에토. 거기에 신문부의 활약에 감명을 받았다는 신입부원 다나타와 미조부치가 더해졌다.

2학년은 나하고 이쓰카이치. 그리고 부원들이 교우 관계를 살려 그러모은 원군이 도합 일곱 명. 합계 열네 명이 그날 신문부의 총병력이었다. 전부 남자다.

평소 사용하는 인쇄 준비실은 좁아서 북적거렸다. 열 명

넘게 들어가면 갑갑하다. 그래서 복도로 나와 둥글게 섰다.

나는 입을 다물고 있었다. 이치하타가 훈사를 읊었다.

"흠흠. 오늘이 바로 결전의 날입니다. 신문부는 5월과 7월, 방화 현장을 누구보다 빨리 발견했지만 범인을 놓치고 말았습니다. 같은 실수를 세 번씩이나 되풀이하면 얼간이입니다. 오늘에야말로 방화범을 붙잡아 종지부를 찍겠습니다. 힘냅시다!"

말투는 얌전하지만 목소리에 열기가 깃들어 있다. 그 말을 듣는 부원들의 표정에도 긴장감이 감돌았다. 높은 사기가 피부로 느껴졌다. 4월, 입부 직후에는 영 쓸모없던 1학년들이 조금씩 믿음직해졌다.

그 뒤를 받아 이쓰카이치가 실무적인 설명으로 들어갔다.

"붙잡는다고는 해도 절대 무리는 하지 말도록. 잡을 수 있다면 그게 가장 좋지만, 범인이 흉기를 소지했을 가능성도 고려해 위험할 것 같으면 촬영만 해도 된다. 모두, 카메라는 가지고 있겠지?"

저마다 고개를 끄덕였다. 하지만 신문부원 중에 디지털카메라를 가진 사람은 나와 하라구치뿐이다. 나머지 부원들은 휴대전화 카메라 기능을 활용하기로 했다. 원군 멤버 중에는 그조차 없는 녀석도 있을지 모른다. 사건은 심야에 벌어진다. 플래시 기능이 없는 카메라는 무용지물이다. 일회용 카메라가 차라리 낫다.

하지만 그런 말을 하지는 않았다. 이쓰카이치가 지도를 나눠주고 각자에게 감시할 장소를 지시했다. 그 모습을 가만히 보고 있었다.

"경찰이 순찰을 강화했습니다. 우리는 사건 해결을 위해 움직이고 있지만 그 말을 믿어준다는 보장은 없습니다. 5월에는 한 친구가 주의를 받았고, 지난달에도 1학년 혼다가 붙들려서 된통 야단을 맞았습니다. 남의 일이 아닙니다. 혼다는 운이 좋았지만 다음에도 봐준다는 보장은 없습니다."

혼다는 신문부를 그만두었다. 굳이 붙들지는 않았다.

이쓰카이치는 이 일의 위험성을 설명하고 있다. 하지만 부원들은 이제 와서 그 정도로 겁을 먹지는 않는다. 그래도 하겠다는 녀석들만 남았다.

내 침묵에는 이유가 있다.

한 가지는 부장이 경솔하게 이런저런 지시를 내려서는 안된다는 생각 때문이다. 인원 배치도를 만든 건 나다. 하지만 자료를 나눠주고 설명하는 건 내가 아니어도 상관없다.

처음부터 그렇게 생각했던 건 아니다. 얼마 전에 이쓰카이치가 "자잘한 작업은 알아서 할 테니 우리노는 기사에 전

념해"라고 했다. 원래 복사기 사용법이나 용지 조달, 그리고 각 교실에 《월간 후나도》를 배포하는 실무는 1학년에게 주로 맡겼다. 물론 일을 가르쳐주려고 그랬던 건데, 어쩌면 이쓰카이치는 내가 잡무를 소홀히 여긴다고 오해하는지도 모른다. 이쓰카이치가 여러 업무를 도맡아주어서 도움이 되는 것은 사실이다.

하지만 가장 큰 이유는 따로 있다.

나는 고민하고 있었다. 결전의 날인 오늘 8월 8일은 물론이고 전부터 계속 고민해왔다. ……한 달 가까이 고민만 하고 있었다.

7월은 신문부가 바쁜 달이다.

7월 1일, 변함없이 《월간 후나도》 7월호를 발행했다. 그리고 한 사람의 고등학생으로서 1학기 기말고사를 치렀다. 그런 다음 여름방학까지 짧은 기간에 《월간 후나도》 8월호를 만들고, 7월 종업식 때 배포한다. 빠듯한 일정이었지만 나는 그 기간에도 여전히 고민했다. 덕분에 시험 결과는 엉망이었다.

파이어맨의 정체는 무엇인가?

나는 그동안 그 의문에 적극적으로 대답하려 하지 않았다. 아직 1학년이었을 때는 '다음 표적'을 《월간 후나도》에 싣는 게 고작이었다. 어떻게 도지마 부장을 설득하고, 어떻게 몬

치의 반대를 누르고, 어떻게 학생 지도부를 따돌릴지 고민하
느라 파이어맨의 정체를 생각해본 적은 없었다.

2학년이 되어 부장이 된 뒤로는 파이어맨의 방화 현장을
촬영해 가능하다면 체포까지 하는 게 최대의 목표가 되었
다. 어디에 나타날지 예측할 수 있으니 나머지는 붙잡는 일
뿐……. 그런 생각을 할 때 누가 파이어맨인지 적극적으로
추리하는 건 의미가 없었다.

막연히 짐작하는 바가 없었던 건 아니다.

파이어맨은 기라 시 '방재 계획'을 근거로 표적을 선택한
다. 실제 범행 순서를 따라 분서 이름이 열거되어 있는 자료
는 '방재 계획'밖에 없기 때문이다. 따라서 파이어맨은 '방재
계획'과 밀접한 인물, 즉 소방관이거나 방재 계획에 관여하
는 시청 직원. 그렇게 생각했다. 그렇기에 방화범에게 '파이
어맨(소방관)'이라는 별명을 붙인 것이다.

파이어맨은 한밤중에 행동한다. 행동 범위도 넓다. 그 점
에 대해 도지마 선배와 토론했던 적이 있다. 나는 행동 범위
를 보고 범인이 자동차를 가지고 있다고 주장했다. 도지마 선
배는 내 의견에 고개를 갸우뚱거렸다. 자전거로 충분하다는
이유다.

내가 그리는 범인상을 종합하면 범인은 기라 시 소방 체제

에 불만을 갖고 거기에 도전하려는 인간이다. 열의가 넘쳐 현실을 견디지 못하는 것이다. 미비점을 지탄하려고 직접 불까지 지른다. 그런 범인상을 가지고 있었다.

하지만 그렇게 단언할 만한 근거는 없었다. 예단을 버리고 다시 생각해보았다. 파이어맨은 어떤 인물인가. 누구인가.

나는 계속 그 문제를 고민하고 있다.

누가 팔을 툭툭 쳤다. 흠칫 놀라 쳐다보니 이쓰카이치가 작은 목소리로 말했다.

"우리노."

열세 명의 전력이 나를 보고 있었다. 반드시 오늘 파이어맨을 붙잡기 위해 내 지시를 기다리고 있다.

내가 선언하면 작전이 시작된다. 재집합 시각은 23시. 장소는 기라 시 하리미 정. 지도상 지정 위치에서 대기하다가 순찰하면서 연쇄 방화범을 기다린다. 해산, 그 한마디면 족했다.

지금 이 순간까지, 무슨 말을 해야겠다는 생각도 하지 않았다. 하지만 이렇게 결전을 향한 열의를 보니……. 자연히 말이 입밖으로 나왔다.

"하마에에서 최초의 방화가 발생한 게 작년 10월. 이제 곧 일 년이다. 열 달 동안 아홉 번의 방화. 경찰도 소방서도, 우리 신문부도 방화를 막지 못했다. 단 한 번, 비 때문에 넘어간 것 외에는. 한심한 노릇이야.

하지만 이번에는 달라. 준비는 완벽해. 신문부원은 경험을 쌓았다. 그리고 이렇게 많은 사람들이 도우러 와주었어. 아마 모두들, 이번 달에는 반드시 잡을 수 있다는 희망을 느끼고 있으리라 믿는다. 물론 나도 마찬가지야."

작은 숨을 토해냈다.

"처음에 이 연쇄 방화 사건을 다루기로 결심했을 때는 반발도 있었다. 당시 신문부 부장도, 선배들도, 《월간 후나도》는 그런 짓을 하는 공간이 아니라고 강하게 반대했어. 그래도 어찌어찌 우연과 행운의 도움도 받아가며 기사를 쓸 수 있었다.

내가 부장이 된 후로는 범인을 직접 쫓기로 했다. 여러분 앞에서는 자신 있게 굴었지만 사실 나 역시 정말 할 수 있을까 의심한 적도 있었어. 의심하면서도 전진할 수밖에 없었다. 그리고 마침내 오늘이 왔다."

하지만, 하고 입을 열었다.

하지만 다시금 의심한다. 정말로 이 사건에 뛰어든 게 잘한 일인지. 선배들 말대로 그저 담담히 예년과 같은 기사를 썼다면 이런 기분은 느끼지 않았을지도 모른다.

그 말을, 꿀꺽 삼켰다. 개인적 감상을 토로할 때는 지났다.

지금은 신문부 부장으로서 그들을 이끌 뿐.

힘차게 고개를 들었다.

"이번 달로 끝이다. 다음달은 없어. 방화범의 정체를 알기 때문이다."

갑작스러운 선언에 다들 술렁거렸다. 당혹스러워하는 녀석도 있고 그게 누군지 당장이라도 캐물을 기세를 보이는 녀석도 있다.

"오늘밤 범인을 붙잡고 끝낼지 내일 범인을 찾아가서 끝낼지, 둘 중 하나. 나는 신문부의 승리를 믿는다. 이상, 해산!"

다른 질문은 받지 않고 그대로 후나도 고등학교를 뒤로했다.

내게는 가야 할 곳이 있었고, 그들도 곧 알게 될 일이었기 때문이다.

2

썩 기분 좋은 밤은 아니었다.

나는 과거에 타인의 비밀을 폭로하거나, 뒤엉킨 상황에서
진실을 지적하곤 했던 적이 있다. 나는 그 쾌감에 취했다. 주
위 사람들이 영문을 모르고 우왕좌왕할 때 진실을 툭 던져준
다. 그것은 어쩐지 폭탄을 던지는 기분과 같아, 내 장난기와
자존심을 크게 충족시켜주었다.

많은 일들을 했다. 많은 동급생들이 듣도 보도 못했을 상
황도 여러 번 맞닥뜨렸다.

하지만 공교롭게도 이런 경험은 없었다. 한밤중에 잠복해
본 경험은…….

일기예보에 따르면 오늘은 십중팔구 열대야라고 한다. 비

가 내리면 방화범은 활동하지 않을 테니 날씨를 염려했지만 걱정 없을 것 같다. 시원한 폴로셔츠를 입고 왔는데 그래도 땀이 축축하게 배는 느낌이다.

오늘밤이 결전의 순간이 되리라고 확신했다. 두뇌 싸움은 그만두었는데 또다시 돌아오고 말았다.

기분 좋은 밤은, 아니었다.


겐고가 전화를 했다.

"여, 겐고. 감시 위치는 제대로 확보했어?"

일부러 익살스럽게 말해보았지만 겐고는 들은 체도 않고 평소와 같이 무뚝뚝한 목소리로 대답했다.

"지시대로 하고 있어. 전부."

나와 겐고는 다른 장소에서 대기하고 있다. 나는 CD 가게 주차장에서 가게 벽에 기대어 있다. 겐고도 하리미 정에 도착했다.

오늘밤 하리미 정에는 후나도 고등학교 신문부와 그 원군이 우르르 몰려들 것이다. 스파이 역할을 맡은 이쓰카이치의 정보에 따르면 인원은 열네 명. 하지만 하리미 정은 기라 시 안에서도 상당히 변두리에 치우쳐 있는데다 동네 면적이 넓다. 새로운 우회 도로가 뚫려 조금은 개발되고 있는 모양이지만 기본적으로는 탁 트인 전답만 펼쳐져 있다. 새삼 기라 시 지도로 확인하고 조금 놀랐을 정도다. 기라 시 북동쪽 대부분에 '하리미 정'이라는 이름이 붙어 있었다. 열네 명으로는 전부 감시하기 어려울 것이다.

그래도 신문부원이 어슬렁거릴 것은 분명했다. 전임 부장 겐고가 눈에 띄면 괜히 혼란만 일으킨다. 겐고는 지금 어딘가에 숨어 있을 것이다.

"그래서 무슨 일이야? 아직 시간이 이른데."

과거의 연쇄 방화는 심야 0시 전후에 발생했다. 아직 이를 터……. 그런데 지금 몇 시인지 모르겠다.

"지금 몇 시지?"

통화를 하고 있으면 휴대전화로 시간을 볼 수 없으니 불편하다.

"9시 반이야."

겐고는 손목시계를 차고 다닌다. 은근히 준비성이 좋다.

"아직 일러. 그래서 전화한 거야."

"흐음. 무슨 문제라도?"

"아니, 특별한 건 없어."

무사히 오늘밤까지 도달했으니 나머지는 그리 어려운 일이 아니다. 도지마 겐고라는 실행 부대도 있다. 작전은 이미 성공한 셈이다.

"그거 다행이네. 조심해, 칼이나 흉기를 가졌을지도 모르니."

어쩐 일로 겐고가 쓴웃음이 묻어나는 목소리로 말했다.

"너하고 다니면 정말 험한 일만 생겨. 조심할게. 나도 또 베이고 싶지는 않으니."

그러고 보니 겐고는 나이프에 베인 적이 있다. 작년 여름방학……. 벌써 일 년이나 지났다는 말인가? 둘이서 체육관 폐건물에 뛰어들어 악당을 상대로 활극을 벌였다. 겐고는 철권을 휘둘렀지만 상대가 나이프를 들고 있던 탓에 칼에 베여 부상을 입었다. 전치 사흘의 경상이었지만 피를 제법 흘렸다.

"그때는 끌어들여서 미안했어."

뜻밖에도 낮고 차분한 목소리가 돌아왔다.

"괜찮아. 지나고 보니 그것도 재미있었어."

"재미……있었나? 그때는 필사적이었는데."

"그랬지. 숨이 찼어."

말이 끊겼다. 오늘밤 작전에 문제가 없다면, 겐고는 어째서 전화를 한 걸까?

"야, 조고로. 오늘밤이 마지막이겠지?"

"그러길 바라."

작전은 순조롭지만 어떤 돌발 사태가 벌어질지 모른다. 나머지는 뭐, 겐고의 능력을 기대하는 수밖에 없다.

그런데 겐고는 그런 뜻으로 한 말이 아니었던 모양이다.

"아니, 방화범 얘기가 아니야······. 우리도 이제 3학년이야. 슬슬 입시 공부도 시작해야지."

"난 벌써 시작했어. 겐고는 느긋하네."

"나도 아무것도 안 하고 있는 건 아냐."

농담에 일일이 반응한다. 이렇게 골려먹는 재미가 있는 녀석도 드물다.

"사람이 진지하게 얘기하는데 말 돌리지 마."

"미안. 그래서 무슨 얘기를 하려고?"

겐고가 퉁명스러운 목소리로 말했다.

"너하고 함께 귀찮은 문제에 끼어드는 것도 오늘밤이 마지막일 것 같아서."

"······뭐야, 결국 수험 얘기잖아."

"생각해봤어. 내가 너하고 사이가 좋았던 건 아니잖아. 뭐랄까, 나는 네 행동이 마음에 안 들었으니까. 친한 녀석은 반에 얼마든지 있어. 신문부에서는 좋은 선배도 만났어. 후배도 그럭저럭."

고등학생 무리가 눈앞을 가로질렀다. 시답잖은 농담을 주고받으며 CD 가게로 들어갔다.

"그런데 지난 삼 년 사이에 잊을 수 없는 일이 생길 때마다 어쩐지 네가 꼭 얽혀 있단 말이야. 일 년에 겨우 몇 번 얘기하는 정도인데……. 왜 그럴까?"

나한테 물어도, 글쎄다.

"나는 딱히 네가 변하길 바라는 건 아니야. 우리가 그 정도로 가까운 사이도 아니고. 하지만 항상 드는 생각이 있어. 내일부터는 또 한마디도 안 하겠지. 그렇게 시험을 치르고 졸업하면, 어쩌면 앞으로 평생 이야기할 기회가 없을지도 몰라. 오늘밤 말하지 않으면 개운하지 않을 것 같아."

괜히 멍하니 하늘을 올려다보았다. 아아, 달이 멋지구나.

"야, 조고로. 내가 생각하기에 넌 결국 소시민이 못 돼."

응.

맞아.

뒷북이 심하네.

그렇기 때문에 아무리 정곡을 찔려도, 그때마다 굉장히 허무한 기분이 들어도, 도지마 겐고하고 완전히 인연을 끊지 못하는 거잖아. 누군가의 이름을 잊어도, 휴대전화에 남은 주소가 거의 없어도. 가장 먼저 튀어나오는 이름이 도지마 겐고인 거잖아.

가을철 한정 구리킨톤 사건 (하)

뒷북도 한참 뒷북이다. 브론토사우루스도 아니고, 뇌가 결론을 내리는 게 너무 느리다.

벽에 기댄 채로 다리를 꼬았다. 휴대전화를 다른 손에 바꿔 들었다.

"있지, 오늘밤에는 많은 일이 있을 거야."

"조고로."

"휴대전화 배터리는 아껴야지. 결정적인 순간에 배터리가 떨어지면, 상황이야 재미있지만 한심하잖아."

"조고로!"

"시간이 될 때까지 느긋하게 기다릴게. 사고 싶은 CD도 있고. 그럼."

휴대전화에서 귀를 뗐다.

바로 그때 겐고가 고함을 질렀다.

"조고로, 불이야, 불이 보였어! 놈이야!"

……어어?


허를 찔렸다는 것은 부정할 수 없다. 지난 열 번의 방화가 전부 심야 0시 전후에 일어났기 때문에 오늘밤에도 아직 여유가 있을 줄 알았다. 하지만 생각해보니 그렇다, 8월에는 앞당겨져도 이상하지 않다.

정신을 바짝 차렸다. 휴대전화를 귀에 댄 채로 CD 가게 앞에 세워둔 자전거까지 달렸다.

"겐고, 범인은?"

"지금 보고 있어. 찾았다."

어두운 밤에 얼마나 보일까?

"추적할게."

"부탁해. 나도 바로 갈게."

"그래. 하지만 저건, 쳇, 달아났어!"

절박한 목소리가 들리나 싶더니 통화가 끊겼다. 겐고가 들킨 건지, 아니면 단순히 범인이 현장을 벗어난 건지. 어쨌거나 큰일이다. 이제 와서 놓칠 수는 없다. 눈에 보인다면 일단은 괜찮을 텐데……. 휴대전화를 주머니에 쑤셔넣고 자전거에 올라탔다.

방화 표적이 하리미 정 1가, 하리미 제1 어린이 공원 부근이라는 건 알고 있었다. 경로는 머릿속에 넣어두었다. 신호를 기다릴 필요가 없는 가장 빠른 경로다. 시내를 순환하는, 자전거도 다닐 수 있는 인도를 쏜살같이 달렸다. 뒷바퀴를 미끄러뜨리며 경로상 유일한 교차로를 꺾었다. 시야 앞에 뚜렷한 주황색 빛.

이럴 때 원동기 면허라도 있으면 좋았을 텐데. '이럴 때'가

가을철 한정 구리킨톤 사건 (하)

그리 자주 있으면 안 되지만 고등학교에 들어온 뒤로 벌써 세 번째다. 겐고의 연락을 받고 삼 분도 되지 않아 현장에 도착했다.

무심코 외마디소리가 튀어나왔다.

"우와."

방화범의 범행은 조금씩 흉악해지고 있었다. 버려진 자동차나 버스 정류장 벤치를 태우는 동안은 그나마 낫다. 하지만 그 규칙을 따른다면 범행이 도달하는 지점은 이렇게 될 수밖에 없다.

불길은 가정 주택에서 솟구치고 있었다.

아니, 진정하고 다시 자세히 보았다.

집이 타고 있는 게 아니었다. 집 옆에 차고가 있다. 차고 옆에는 창고. 이 부근은 농지가 많다. 아마도 작업 도구를 넣어두는 창고이리라. 불이 난 것은 그 창고. 하필 목조다. 실제로 불에 타고 있는 것은 처마 밑에 방치해둔 듯한 낡은 신문지 뭉치.

뜨겁다. 불길이 거세다. 공기가 건조한 계절도 아닌데 불이 번지는 속도가 빨랐다. 낡은 신문지에 붙은 불은 이미 손을 쓸 수가 없었다. 아직 벽에 옮겨붙지는 않았지만 그것도 시간문제다.

창고가 불에 타면 차고도 위험하다. 내버려두면 집도 불에 탄다. 집안에 사람은 없나? 곧 깨달았다. 차고에 차가 없다. 빈집인가.

주변을 둘러보았다.

이 집 사람들에게는 미안하지만 하리미 정이라 다행이다. 이 집 주변은 농지라, 이웃집까지 족히 오십 미터는 떨어져 있다. 최악의 경우에도 이웃집으로 번지지는 않을 것이다.

이웃집에서는 아직 눈치를 못 챘는지 이쪽을 살펴보는 사람들은 없었다. 아무도 이 불을 발견하지 못했나? 어쩌면 모닥불이라고 생각하는지도 모른다. 이렇게 휑한 장소에서는 종종 가정 쓰레기를 불에 태우는 사람들이 있으니까.

겐고는 없다. 범인을 쫓아간 것이다. 따라잡을 수 있을까? 괜찮겠지. 도지마 겐고니까.

그렇다면 현장에 가장 먼저 도착한 내가 해야 할 일은, 없다.

아니다. 있다. 겐고에게는 그럴 여유가 없었고, 집도 비어 있고, 이웃들도 눈치를 못 챘으니 신고를 해야 한다. 휴대전화를 꺼내 잠시 고민했다.

소방서가 117이었나?

그건 시보.

177 일기예보와 착각하기 쉽다. 어째서 비슷한 번호로 만든 걸까? 어느 한쪽이 112든 다른 번호였다면 잘못 외울 일은 없을 텐데.

그건 그렇고 화재와 응급상황은 119다. 이런, 불이 눈앞에 있으니 당황스럽다. 진정하자. 숨을 깊이 들이마시고, 내뱉고, 대충 진정한 셈치고 전화를 걸었다.

"여보세요. 119입니다. 화재입니까, 응급상황입니까?"

"화재예요."

"장소는 어디입니까?"

"하리미 정 1가, 하리미 제1 어린이 공원 근처입니다. 주택 옆, 창고가 타고 있어요."

설명하면서 창고 주변을 둘러보았다.

"대피하지 못한 사람이 보입니까?"

"모르겠습니다."

"신고하신 분 성함이 어떻게 되십니까?"

전화를 끊었다.

이름을 밝히기 싫었던 게 아니다. 흥미로운 물건을 발견해 동요하는 바람에 그만 단추를 잘못 누르고 만 것이다.

도로 쪽에서는 보이지 않았던 창고 뒤편. 보관함 같은 게 하나 더 붙어 있었다.

개집보다는 크다. 초등학교에 있었던 토끼장보다는 작았다. 지붕은 양철이고 벽은 판자였다. 높이는 내 허리쯤. 문은 철망. 문제는 보관함 안이었다.

플라스틱 탱크가 세 개 있었다.

"와우……."

미국식으로 놀라는 시늉을 해보았다. 그 덕에 조금 더 진정할 수 있었다. 동요가 가라앉자 벽에 붙은 포스터가 보였다. 서툰 어린아이 글씨로 "화기 엄금! 여기서 담배 피우지 말아요"라고 적혀 있다. 담배를 피우는 건 아버지일까 할아버지일까. 어쨌거나 여기가 화기 엄금 구역이라는 건 알겠다. 내용물은 경유일까? 설마 휘발유는 아니겠지. 어째서 이런 곳에.

위험한데.

불씨가 있는 창고, 그 옆에 차고, 그리고 주택 순서로 늘어서 있어 집까지 옮겨붙지는 않을 줄 알았다. 그전에 소방서에서 출동할 거라고 생각했다. 그런데 여기에 경유인지 휘발유인지 모르겠지만 어쨌거나 화기 엄금 물질이 있다. 저기에 불이 붙어 불길이 빠르게 번지면 어떻게 되지? 나는 소방관이 아니라 지금 상황이 얼마나 위험한지 모른다. 어쨌거나 폭발은 사양이다.

플라스틱 탱크를 치우면 된다. 보관함에서 꺼내 불길에서

152

가을철 한정 구리킨톤 사건 (하)

멀리 떼어놓자. 불은 급기야 벽에 옮겨붙은 듯했다. 문득 시선을 드니 눈앞이 환했다. 철망이 달린 문에서 맹꽁이자물쇠가 음산하게 빛나고 있었다.

"열쇠……."

혹시 잠그는 걸 깜빡하지 않았을까 싶어 자물쇠를 잡아당겨보았다.

상당히 방범에 철저한 가정인 모양이다. 자물쇠는 잠겨 있었다.

척 보기에도 튼튼해 보이는 자물쇠였다. 자물쇠가 달려 있는 철망도 그리 허술하지 않았다.

걷어차도 안 부서지겠지?

해보지 않고는 모르는 일. 있는 힘껏 낮은 돌려차기. 정확히 문에 맞았다.

찌릿한 통증이 치달았다. 엄청 딱딱하다. 생각을 정리하려고 한두 마디 중얼거렸다.

"안 되겠어. 도구가 필요해."

창고 안에 뭔가 쓸 만한 물건이 있을지도 모른다. 하지만 플라스틱 탱크를 넣은 보관함이 단단히 잠겨 있는데 창고라고 과연 열려 있을까? 가능성은 낮다고 생각하면서도 큰길 쪽으로 돌아갔다.

불은 벽을 타고 처마까지 집어삼키고 있었다. 불은 어떤 원리로 옮겨붙는 걸까? 이대로 위로 타오른다면 창고 지붕이 다 탈 때까지 플라스틱 탱크가 있는 보관함은 안전할지도 모른다. 하지만 옆으로 번진다면, 당장 불이 붙어도 이상하지 않다. 아직 소방차 사이렌 소리도 들리지 않는다. 신고는 했는데. 장소는 제대로 말했나? 했을 텐데.

좌우를 둘러보았다. 이웃 사람들은 아무도 나오지 않았다. 불이야, 하고 외쳐볼까? 아니, 하지만…….

이곳에 도착했을 때 창고 앞에 자전거를 세워놓았다. 도구는 아무것도 없다. 오토바이라도 타고 왔다면 야호! 하고 외치면서 멋지게 들이박는 건데. 창고 문을 살펴보았다. 안 되겠다. 알루미늄 문에 자물쇠가 단단히 걸려 있다.

무슨 방법이 없을까? 자물쇠 열쇠가 툭 떨어져 있지는 않을까? 시선을 굴리면서 창고 주변을 한 바퀴 돌았다. 불에 타고 있는 반대쪽 벽에 커다란 갈퀴가 세워져 있었다. 망치까지는 아니더라도 하다못해 곡괭이였다면 얼마나 좋았을까. 아무것도 없다. 이러다 때를 놓치는 게 아닐까?

한 바퀴를 돌아 창고 뒤로 돌아왔다.

환한 불꽃 속에 검은 그림자가 서 있었다.

그것은 교복이었다. 한여름이라 반소매지만 색은 남색이었다. 남색이 너무 짙어 검은색으로 보였다. 가슴께에 묶여 있는 빨간 리본. 반소매 세일러복이었다.

후나도 고등학교 교복은 아니다. 후나도 고등학교 여름 교복 셔츠는 흰색이다. 어디 교복이지? 나는 이 주변 교복 정보에 어둡다. 이 동네 학교 중에 하복으로 남색 교복을 입는 곳이 있던가?

그 세일러복이 어느 학교 교복이든, 혹은 교복이 아니든, 그것을 입고 있는 사람은 후나도 고등학교 학생이었다. 중학생으로 보이지만. 교복을 입고 있으니 그래도 초등학생으로 보이지는 않았다.

후나도 고등학교 3학년, 오사나이 유키가 그곳에 있었다.

불길은 그칠 줄 몰랐다. 불똥이 바람을 타고 흩날렸다.

우리는 손을 뻗어도 닿지 않을 거리에서 서로 마주보고 있었다. 말이 나오지 않는 것은 서로 놀랐기 때문일까. 어쩌면 할말이 없었기 때문일지도 모른다. 내가 있는 곳은 안전하지만 오사나이에게는 열기가 쏟아지고 있을 터.

작은 손에 해머가 들려 있었다. 붉은 페인트칠이 되어 있는 금속 머리, 못은 물론이고 쐐기도 박을 수 있을 커다란 해머가. 장도리가 아니라 양쪽 다 편평한 모양인 게 투박함을 더했다. 직접적인 폭력을 암시하는 도구는 오사나이에게 지독히도 어울리지 않았다.

잠시 똑바로 시선을 주고받았다. 시간으로 따지면 몇 초나 되었을까.

먼저 움직인 것은 오사나이. 낯선 것을 발견한 사람처럼 어리둥절한 표정으로 고개를 갸웃거렸다.

해머를 두 손에 움켜쥐고.

시선을 휙 돌렸다.

그러더니 작은 몸을 비틀어 해머를 치켜들었다. 왼발을 살짝 내딛는다. 어깨에 위로 치켜들었던 해머를 힘껏 내리꽂았다.

불길에 휩싸인 창고에서 불똥이 터져나갔다. 거기에 낮고 묵직한 소리가 섞였다.

해머는 플라스틱 탱크 보관함 벽에 내리꽂혔다. 자물쇠나 철망은 아무리 때려도 부서질 것 같지 않다. 그래서 해머로 판자벽을 찍는 것이다.

한 번으로는 부족하다. 다시 치켜든다. 회전축을 이용해 비스듬히 내려찍는다. 몇 번이고, 몇 번이고.

오사나이는 연거푸 해머를 휘둘렀다.

이윽고 벽에 구멍이 뚫렸는지 오사나이의 스윙이 바뀌었

다. 왼발을 크게 내딛자 해머의 궤도가 낮아졌다. 오사나이는 징을 치듯이 해머를 휘둘렀다. 불꽃은 뺨을 달굴 정도로 거셌다.

플라스틱 탱크 보관함이 무너져내린다. 뿌드득 소리를 내며.

"······아핫!"

그만 신이 난 모양이다.

오사나이가 무심코 웃음소리를 흘렸다. 퍼뜩 깨닫고 입을 꾹 다물었지만 이미 늦었다. 웃음을 채 감추지 못했다. 그 심정은 이해한다. 아마 나도 웃고 있었을 것이다.

불길이 치솟고 있다. 해머를 휘두른다. 옆구리에 힘을 주고 몸을 비틀어, 희미하게 웃으며. 머리카락이 나풀거린다.

꿈이 아닐까?


드높이 휘두른 마지막 일격. 무릎이 바닥에 닿을 정도로 몸을 숙여 타점을 낮춰, 멋지게 벽을 부수었다. 구멍은 충분한 크기가 되었다. 손바닥에 들러붙기라도 한 것처럼 한 손에 해머를 든 채로 오사나이는 플라스틱 탱크 보관함에 팔을 집어넣었다.

플라스틱 탱크는 속이 가득차 있는 듯했다. 오사나이는 가

뿐히 끄집어내려 했겠지만 예상치 못한 저항에 팔을 빼지 못하고 혼자 고꾸라질 뻔했다.

오사나이가 무릎을 꿇다시피 하고 나를 쳐다보았다.

"무거워."

나는 쓴웃음을 흘렸다.

"내가 할게. 비켜."

"응."

해머를 쥔 오사나이가 자리를 비켜주었다. 플라스틱 탱크 손잡이를 붙들고 보니 생각보다 무거웠다. 작은 구멍 속으로 팔을 넣다 보니 자세가 나빠서 힘이 제대로 들어가지 않았다. 발밑의 흙이 물러 힘을 받기 어려웠지만 그래봤자 플라스틱 탱크다. 단숨에 힘껏 잡아당겨 잡초가 뻗어 있는 바닥에 내동댕이쳤다.

오사나이가 바로 달려와 플라스틱 탱크를 두 손으로 들고 휘청거리며 불이 닿지 않는 곳으로 들고 갔다. 두 번째 탱크도 마찬가지.

마지막 탱크는 구멍에서 가장 멀었다. 바닥에 무릎을 꿇고 어깨까지 집어넣고서야 겨우 닿았다. 질질 잡아당겨 겨우 가까이 끌어냈다. 다음을 기다리듯 오사나이가 손을 벌리고 기다리고 있었지만, 마지막 탱크라 내가 직접 들어 불길에서 멀찍이 내던졌다.

이걸로 끝. 불은 계속 타오르고 있지만 지금 할 수 있는 일은 다 했다.

환한 불꽃 속에서 나는 오사나이와 마주섰다.

그때, 오싹한 파열음이 울렸다. 창고 안에도 불에 타기 쉬운 물체가 있었나? 저도 모르게 몸을 움츠렸다. 오사나이도 굉장한 반응 속도로 물러났다.

소리는 컸지만 날아온 물체는 없었다. 긴장이 풀려 다시 쳐다보니 작은 몸을 웅크리고 경계하는 오사나이가 묘하게 우스웠다. 내 자세도 조금 이상했을지 모른다. 눈이 마주치자 누가 먼저랄 것 없이 웃었다.

오랜만이야, 우연이네. 할말은 많았다. 그 교복은 어느 학교 거야? 해머가 무거워 보여. 하지만 내가 입을 열기 전에 오사나이가 먼저 중얼거렸다.

"오늘, 어쩐지 마주칠 것 같았어."

듣고 보니 언젠가 마주칠 것 같기는 했다.

"그러네. 난 오늘밤일 줄은 몰랐는데."

"도지마 때문이야?"

"아니야."

겐고가 이 연쇄 방화 사건에 깊이 연관되어 있는 것은 사실

이다. 하지만 내가 오늘밤 이곳에 있는 이유는 겐고 때문이
아니다.

"그러고 보니 겐고 못 봤어?"

"봤어. 막 달려가던데."

"그 녀석은 항상 뛰어다녀. 자전거는 또 어디다 내팽개쳤
는지."

별 관심 없다는 듯이 오사나이가 바닥에 떨어뜨린 해머를
주워 들었다. 아까는 굉장히 커 보였는데, 손잡이가 짧았다.

"편리한 도구가 있었네. 어디 떨어져 있었어?"

"아니."

오사나이가 고개를 저으며 해머를 등뒤로 숨겼다. 이미 늦
었는데.

"이런 일이 있을지도 몰라 가져왔어."

"쓸모가 있었네."

오사나이는 말없이 작게 끄덕였다.

불은 창고 지붕까지 번졌다. 이제 손쓸 도리가 없다. 오사
나이가 불을 힐끗 쳐다보기에 노파심에 가르쳐주었다.

"신고는 했어."

"그래? 그럼 달아날래."

바로 몸을 돌린 오사나이에게 문득 생각이 나 물어보았다.

"아, 뭐 하나만 물어봐도 돼?"

"……뭔데?"

내 쪽을 돌아보는 오사나이를 가만히 쳐다보았다.

작년 여름이 지난 뒤로도 학교에서 이따금 오사나이의 모습을 보았다. 반 친구들과 웃고 있는 모습도, 지각할까 봐 달리는 모습도 보았다. 하지만 역시 오랜만이라는 생각이 든다.

오랜만에 만났기에, 깨달은 점도 있다.

"혹시."

"응."

"키 컸어?"

오사나이가 눈을 깜빡거렸다.

함박웃음을 지었다.

"응. 이제 150이야."

"축하해. 우유 마셨어?"

"마셨어."

창고에서 뭔가가 무너졌는지 묵직한 물체가 떨어지는 소리가 들렸다. 이번에는 놀라지 않았다.

"그렇구나. 그런데 왜 이런 짓을 했어?"

예상대로 걸려들지 않았다.

"고바토, 하나만 묻는다고 했지? 그러니까 대답은 '우유를 마셨으니까'야."

어느새 사이렌 소리가 들려왔다. 이제야 왔나 싶지만 아마 오 분도 지나지 않았을 것이다. 오래 머물 필요는 없다.

"그럼 또 봐."

나는 그렇게 말했고, 오사나이도 고개를 끄덕였다. 그렇게 한여름 밤의 대화는 끝난 줄 알았다.

나는 몰랐다. 오사나이도 뒤늦게야 깨달은 듯했다.

어느 틈에 이 자리에 또 한 사람, 추가된 등장인물이 있었다. 영어가 인쇄된 셔츠에 스니커. 활동하기 편해 보이는 복장이다. 달려왔는지 숨을 헐떡이고 있었다. 비슷한 또래로 보이는 남학생으로, 처음 보는 얼굴이지만 어쩐지 이름을 알 수 있을 것 같았다.

오사나이는 이 자리에 내가 있을 줄은 알고 있는 눈치였다. 그의 등장도 예상했으리라. 그에게 시선을 던지더니 생긋 웃었다.

"안녕, 우리노. 아직 열여덟도 안 되었는데 밤에 나돌면 못써."

우리노 다카히코. 겐고 다음으로 신문부 부장을 맡은 남자. 기라 시 연쇄 방화 사건에 빠져 있는 2학년. 데이터는 이것저것 알고 있지만 만나보기는 처음이다. 오사나이와 사귄다고 하기에 동안일 줄 알았는데 그렇지도 않군.

허. 유난히 무서운 얼굴로 노려본다. 모르는 척 고개를 돌렸다. 우리노는 내 존재를 어떻게 생각할까? 우리노는 나를 한번 힐끗 쳐다보았을 뿐 내 쪽은 더 거들떠보지 않고 오사나이에게 한마디 했다.

"역시 그랬군. 믿고 싶지 않았는데."

오사나이는 잠자코 웃고 있었다. 오랜만에 만났는데 느닷없이 이런 미소를 보게 될 줄은 예상도 못 했다.

사이렌 소리가 점점 가까워졌다. 슬슬 이웃 주민들도 달려올 것이다. 이제껏 아무도 나오지 않은 게 기적이다.

우리노는 작은 숨을 토해내더니 어딘가 서글픈 기색으로 이렇게 말했다.

"너였어."

# 3

별안간 몸을 돌려 달아난 오사나이는 놀랄 정도로 빨랐다.

누가 불렀는지 소방차가 벌써 도착했다. "불이야!" 하는 고함소리도 몇 번 들렸다. 이웃 주민들이 모여들기 시작했다.

경찰도 곧 오겠지. 소란스러운 밤이 되고 말았다. 주머니 속에서는 휴대전화가 쉴 새 없이 울려댔다. 일찌감치 와 있던 신문부원과 원군 들이 연락하는 것이다. 어쩌면 경찰에 걸린 녀석도 있을지 모르지만 지금은 그런 걸 신경쓸 겨를이 없다.

짙은 남색 옷을 입은 오사나이는 어둠 속에 녹아들어 분간 하기 어려웠다. 어쩌면 그걸 노리고 입은 게 아닐까? 놓칠 줄 알았는데 공원으로 달아나는 모습을 간신히 발견했다. 화단 과 철책으로 에워싸인 공원으로, 대충 본 바로 출입구는 하

나. 숨을 가다듬고 있는데 "하리미 제1 어린이 공원"이라고 새겨진 간판이 눈에 늘어왔다.

침을 삼키고 공원을 살펴보았다. 시간은 아직 10시도 되지 않았다. 동네 불량배들이 모여 있을 법한 시간대였지만 다행히 그런 사람들은 없었다.

텅 빈 벤치. 미끄럼틀. 정글짐. 가지가 활짝 뻗은 나무. 모래밭. 밤에 사람이 올 가능성은 염두에 두지 않았는지 조명은 없다. 하지만 날이 맑아 달도 환했고 거리에서 비쳐드는 빛도 있었다. 보이지 않을 우려는 없을 것 같다. 오사나이는 보이지 않았다……. 하지만 여기로 들어온 것은 틀림없다.

또 휴대전화가 울렸다. 혀를 차고 전원을 꺼버렸다.

심호흡을 하고 공원으로 들어가 좌우를 살폈다. 움직임은 없다. 마음을 굳히고 이름을 불렀다.

"오사나이, 거기 있지?"

틈을 타서 달아날지도 모르니 공원 출입구에서 눈을 떼지 않았다.

"다 끝났어. 도망쳐봤자 소용없어."

불러도 나오지 않겠지. 그림자 속을 일일이 뒤지는 수밖에 없다. 그렇게 생각했는데 나무 그늘에서 오사나이가 불쑥 튀어나왔다. 입가에 미소를 머금은 채로 뒷짐을 쥐고 있다.

"왜 그래, 우리노? 끝났다니 섭섭하게."

그 말에도 조롱하는 기색이 짙었다. 울컥 치밀어오르는 감정을 필사적으로 억눌렀다. 이제 와서 변명이 통하지 않을 거라는 건 오사나이도 아는 사실이다. 저건 그냥 허세다.

두 걸음, 세 걸음, 나는 오사나이에게 다가갔다. 출입구를 등지고 오사나이와 적당한 거리를 두고 걸음을 멈췄다.

"다 봤어. 끝났어."

"오해야. 아까 그 애라면 지나가다 마주쳤을 뿐이야."

"그게 아냐!"

안 되겠다. 그만 목소리가 거칠어졌다. 어금니를 질끈 악물었다.

"그런 말을 하는 게 아니야. 알잖아?"

오사나이의 태도는 변함이 없다.

"뭘? 뭘 알아?"

내 입으로 듣겠다는 건가. 그렇다면 어쩔 수 없다.

"네가 불을 질렀잖아."

한 마디 한 마디 또박또박 말했다.

"작년 10월부터 시작된 연쇄 방화 사건, 범인은 너야."

"……왜 그렇게 생각해?"

목소리가 바뀌었다. 낮다. 그뿐만이 아니다. 어딘가 오싹한 울림. 그런 거에 일일이 주눅들 줄 알고? 오사나이는 더이상 달아날 길이 없다. 힘껏 노려보았다.

"어째서 거기 있었어? 뭘 하고 있었지?"

"산책하다가 불이 난 걸 발견했어. 누구나 다가가지 않겠어? 불나방처럼."

"산책? 너희 집은 히노키 정이잖아. 장난해?"

어둠 속에서 오사나이가 피식 웃었다.

"알고 있었어? 내가 말해줬나? 응, 말했나 보네."

히노키 정은 기라 시 남쪽 끝. 북동쪽인 이곳까지 오려면 시가지를 완전히 가로질러야 한다. 자전거로 와도 몇십 분은 걸린다. 산책이라니 말도 안 되는 변명이다.

"우리집은 그 끝이야. 그래, 산책하기엔 멀겠네. 하지만 직접 본 건 아니잖아?"

"아니, 난……."

"우리노는 내가 불난 곳 근처에 있는 것만 본 거잖아. 그렇지?"

확실히 불을 지르는 순간을 직접 보지는 못했다. 그건 실수였지만 나는 훨씬 결정적인 장면을 보았다.

입을 떼려는 순간에 선수를 빼앗겼다.

"불을 발견하고 달려갔다가 우연히 거기 있던 남자애랑 불을 끄려고 했던 거야. 뜨거운 것도 견뎌가면서 애썼어. 그걸 방화라니…….”

어두워서 잘 안 보였지만 오사나이가 부루퉁하게 뺨을 부풀린 것 같았다.

“너무해.”

순간 죄책감이 치밀었다. 입술을 깨물어 그런 마음을 짓눌렀다. 그런 거짓말로 이 자리를 모면할 셈인가?

“불을 발견한 것도 우연이라는 거야? 하리미 정까지 온 이유를 아직 못 들었어. 게다가 옷차림도 이상하잖아.”

“그러네.”

오사나이는 고개를 갸우뚱거리더니 보란듯이 생각에 잠겼다.

“……큰아버지 댁이 이 근처야. 여름방학이라 놀러왔거든. 이 옷은 사촌언니 아키한테 빌린 거야. 어때?”

“어떠냐고? 방금 지어낸 이야기잖아!”

새로운 사이렌 소리가 공원 앞 도로를 지나갔다. 지원하러 온 소방차인 듯했다. 불은 아직 끄지 못한 것이다.

사이렌 소리에 목소리가 묻혀 이야기가 끊겼다. 소음이 멀어지자 오사나이가 뒷짐을 쥔 채로 어깨를 으쓱 움츠렸다.

“그렇게 화내지 마. 놀라잖아.”

그러더니 다리를 꼰다.

"그럼 나한테도 설명해줘. 우리노는 왜 내가 방화범이라는 무서운 생각을 했어?"

처음부터 말하라는 건가.

밤은 깊지 않다. 시간도 충분하고 하고 싶은 말도 많다. 게다가 오사나이와 이렇게 이야기하는 것도 마지막이리라.

"알았어. 그럼 말할게."

내가 오사나이를 의심하기 시작한 것은 언제부터였을까? 명백하게 이상하다고 생각한 계기는 기억한다.

"5월에 불이 났을 때도, 현장에 있었지?"

"5월? 너무 오래돼서 잊었어."

그럴 리 없다.

"그날 밤, 나하고 신문부는 가미노마치를 감시하고 있었어. 슬슬 사건이 일어나겠구나 싶었을 때 네가 전화를 했어. 감기에 걸리지 않았는지 걱정된다고 했잖아. 전화를 받고 기뻤어. 그날은 정말 추웠고, 같은 길을 계속 순찰하는 것은 지루한 일이라 조금 지겨웠으니까.

기억하고 있지? 그때 나는 우회 도로를 따라 걷고 있었는데, 트럭이 지나가는 소리 때문에 시끄러웠던 탓에 아무 소리도 들리지 않았어. 그리고 네 쪽에서도 큰 소리가 났지."

자동차 소리가 아니었다. 훨씬 규칙적인 소음이었다.

"당연히 듣고 바로 알았지. 열차 소리였어. 넌 선로 옆에 있었어. 전철이 지나가는 소리가 시끄러워서 아무 말도 할 수 없어 전화를 끊은 거야. 그리고 5월 방화 현장은 고가 밑 공터였어. 도로가 아니라 철도 고가야."

"맞아."

키 차이가 있어 평범하게 이야기하는 건데도 오사나이가 밑에서 올려다보는 느낌이 든다.

"생각났어. 그날은 오구라 역에 있었어. 그래서 신칸센 고속열차가 시끄러웠을 거야."

오사나이는 끝까지 시치미를 뗐다. 하지만…….

"그래. 네가 선로 근처에 있었다고 고가 밑에 있었다고 단정할 수는 없지. 선로는 길고, 나도 그렇게 단순하지는 않아. 내가 정말 이상하다고 생각한 건 네가 5월 방화 사건은 금요일에 일어났다고 말했을 때였어.

6월, 태풍이 왔던 그날. 오사나이가 그렇게 말했으니 똑똑히 기억해. 그날은 13일의 금요일이었지. 넌 내가 충격을 받지 않도록 배려하면서 《월간 후나도》의 실수를 지적했어. 기억이 아리송해 그 자리에서는 아무 말도 하지 못했어. 하지만…….

신문 지역면에는 토요일 사건이라고 실려 있었어. 화재가 발생한 시간이 아니라 신고 접수 시간을 토대로 작성한 기사였기 때문이야. 그리고 《월간 후나도》에서도 토요일 사건이라고 썼어. 혼다가 불이 났다고 말했을 때 날짜가 바뀌어 있었으니까."

불이 나기 전, 오사나이에게 전화를 받기 전에 나는 휴대전화로 문자를 보내고 있었다. 그 문자를 보냈을 때 이미 0시가 넘어 있었다. 5월 방화 사건은 분명 토요일에 일어났다.

"확실히 미묘한 시간이었어. 0시 직후지만 아직 0시 반은 아닌 시간. 하지만 0시는 확실히 지났을 때였어. 그래서 나는 토요일 사건이라고 썼어. 아무도 틀렸다고 하지 않았는데, 유일하게 너만 '금요일인데'라고 했어."

처음으로 오사나이의 여유가 무너졌다. 적어도 내 눈에는 그렇게 보였다.

이때다 싶어 다그쳤다.

"연쇄 방화는 매달 두 번째 금요일 심야에 발생하고 있어. 날짜가 토요일로 바뀐 뒤에 일어난 사건도 포함해 편의상 '금요일'이라고 말했을 뿐이지만 신문부에서는 그런 인식이 있었어. 그러니 신문부원이 실수로 착각했다면 이해해. 하지만 넌 아니야.

혹시 어디서 들은 건가 싶었지만, 그래도 이상해. 너는 마치 5월 방화 사건이 금요일에 일어났다는 걸 똑똑히 알고 있었다는 듯이 굴었잖아. 물론 그건 오해야. 하지만 어째서 오해했을까?"

진화 작업이 이어지고 있다. 구경꾼들도 모여든 것 같았다. 멀리서 시끌벅적한 소리가 들려왔다. 오사나이가 희미하게 웃더니 자조하듯 뭐라 중얼거렸지만 들리지 않았다.

"오해할 이유는 하나뿐이야. 시계. 너, 손목시계 안 쓰지? 늘 휴대전화로 시간을 보잖아. 편리하지만 그날 밤에는 쓸 수 없었어. 직전까지 나하고 통화를 했고, 그것 때문에 배터리가 나갔으니까."

열차 소리 때문에 통화가 중단되었다. 다시 목소리가 들렸을 때, 오사나이가 했던 말이 바로 "배터리가 다 됐어"였다.

"배터리 잔량 경고가 떠도 바로 꺼지지는 않아. 하지만 그날 너는 전화를 끊고 전원도 꺼버렸던 것 아니야?"

"그건 맞아."

지금까지 요리조리 둘러대기만 하던 오사나이가 선뜻 시인했다.

"배터리가 다 돼서 휴대전화를 껐어. 배터리 상태가 안 좋은 건 알고 있었으니 일찌감치 교체받았으면 좋았을걸."

"그럼 시인하는 거야?"

"전원을 껐다는 건 인정할게. 계속해봐, 우리노. 아주 조금 재미있어졌으니까."

허세를 부리는 것처럼 보이지는 않는데 하는 말은 허세 그 자체다.

오사나이는 일시적으로 휴대전화 전원이 나가서 시간을 확인할 수단을 잃었다. 그다음 일도 나는 안다.

"그때 너는 주위를 본 거야. 시계는 동네 곳곳에 있어. 실제로 그날 밤도 바로 발견했겠지.

방화 현장 고가 밑 근처의 우회 도로. 공원처럼 정비된 네거리에 하얀 기둥이 솟아 있어. 그 기둥에는 시계도 달려 있지. 네가 본 건 그 시계야."

"그 시계가 늦었다는 거야?"

"아니야."

목소리에 힘이 들어갔다.

"그 시계는 망가졌어. 11시 47분에 시계바늘이 멈춰 있었어. 고치지 않았다면 지금도 11시 47분 그대로일 거야. ……사건이 발생했을 때, 우연히도 망가진 시계는 진짜 시간과 겨우 이십 분 차이밖에 안 났어. 어긋난 시간을 눈치채지 못해도 어쩔 수 없지."

"오구라 역 시계도 고장났었나 보네."

"다른 장소에서 고장난 시계를 봐도 사건 발생 시각을 착각할 수는 없어. 그 순간에 그 시계를 보았기 때문에 금요일이라고 믿은 거야. 넌 그곳에 있었어."

아주 잠깐, 눈씨름을 벌였다.

"……대단하네, 우리노. 그런 걸 알아차리다니. 그게 전부가 아니지? 계속 말해봐."

물론 더 있다. 이건 의심하기 시작한 계기에 지나지 않는다.

이렇게 오사나이와 대치할 줄 알았다면 서류철을 가져오는 건데. 이 연쇄 방화 사건에 관한 모든 자료와 증거가 담긴 그 서류철을.

"연쇄 방화 때문에 시내 곳곳에서 순찰도 하고 있어. 그런데도 범인은 잡히지 않았어. 운도 따랐겠지. 하지만 그게 다가 아니야. 범인은 당연히 사전 답사를 꼼꼼히 했을 거야. 다음 현장에 가서 표적을 고르고, 어떻게 이동하고 어떻게 달아날지, 최소한의 계획은 짰을 거야. 다시 말해 의미도 없이 다음 현장을 기웃거린다면 그것만으로도 범인이라고 의심하기에 충분해."

"산책이라고 해도?"

"6월은 13일에서 14일 사이에 기타우라에서 방화 사건이 벌어질 예정이었어. 하지만 호우 때문에 아무 일도 없었지. 비는 그전부터 며칠째 제법 내리고 있었어.

그런 빗속에, 게다가 범행 예정일 전날에, 이 도시 남쪽 끝에서 북쪽 끝으로 간 사람이 있다면…… 누가 산책이란 말을 믿겠어?"

오사나이는 여유를 과시하듯 작은 하품을 했다.

"내가 그런 짓을 했다는 거야?"

증거가 없는 줄 알겠지. 나를 너무 우습게 보고 있다.

"했어. 빗속을 뚫고 기타우라까지 갔어. 적어도 0시 직전까지는 거기에 있었어. 아마 돌아올 때 서점에 들러 문고본을 샀겠지."

"어떤 책?"

"관심 없어. 하지만 세금을 포함해 609엔이었어."

키득키득 웃는 소리.

"정말 대단하네. 보고 온 사람처럼."

"안 봐도 알아. 영수증만 있으면."

"……영수증?"

오사나이의 목소리에 비로소 불안한 기색이 서렸다. 그렇다, 영수증이다. 실물은 안전하게 보관해뒀다. 복사도 했다. 내용은 머릿속에 있다.

"6월 12일 목요일, 23시 51분. 산카이도 서점 기타우라 점에서 세금 포함 609엔짜리 문고본을 산 영수증이야. 어디서 발견했을 것 같아?"

"그렇게 세세한 건 다 기억 못 해."

말은 그렇게 하지만 마음이 딴 데 가 있는 게 보인다. 말하면서도 거북한 듯 눈길을 떨어뜨리고 있다. 직감으로 알 수 있다. 나는 단박에 판단했다.

"거짓말이야."

"너무해."

"바로 그다음 날이었어. 6월 13일 금요일. 비가 너무 많이 내려 신문부는 감시를 중단했지. 방과후에 부실에 누가 있나 살펴보러 갔더니 바로 네가 있었어. 오사나이, 그때 네가 깜빡 두고 간 문고본에 영수증이 꽂혀 있었어."

밤의 어둠 속에서도 똑똑히 보였다. 찰나에 지나지 않았지만 오사나이가 아랫입술을 깨물었다.

오사나이를 다그치고 있다. 기묘한 기분으로 이 신선한 상황을 즐겼다. 오사나이와 사귀면서 주도권은 거의 늘 내가 쥐고 있었다. 오사나이는 케이크에 관한 것만 빼면 먼저 의견을 낸 적이 없기 때문이다.

그런데도 어쩐지 속을 알기 어려웠다. 늘 순순히 따르다가도 마지막 순간에 슬쩍 피한다. 그런 애타는 거리감이 있었다.

하지만 오늘밤, 나는 오사나이를 몰아세우고 있다. 그렇게 생각한다고 이렇게까지 고양되다니, 스스로도 의외였다.

"그 영수증을 보고 태풍이 부는 목요일에 네가 방화 예정 현장에 있었다는 걸 알았어. 오늘밤은 친척집에 놀러왔다고 했지? 그럼 6월은 뭐라고 변명할 거야? 산책?"

오사나이는 조금 떨리는 목소리로 말했다.

"계속해."

"내가 묻잖아."

"나중에 한꺼번에 말할 거야. 그러니까 계속해."

눈을 내리뜨고 작은 어깨를 움찔움찔 떨고 있다. 그래도 봐줄 마음은 없었다. 이건 일 년 가까이 나를 기만한 오사나이에 대한 분노일까?

"알았어. 계속할게. 5월 방화 현장에 있었고, 6월에는 사전 답사를 갔다는 걸 알고서 너에 대해 다시 생각해봤어. 작년 9월부터 사귀는 동안 뭔가 이상한 점이 없었는지. 처음에는 정보를 얻으려고 내게 접근한 게 아닐까 하는 생각마저 했어. 내 곁에 있으면 신문부 동향을 알 수 있을 테니까. 하지만 다행히 그건 있을 수 없는 일이었어."

오사나이에게 사귀자고 고백한 건 나였다. 방과후 도서실에 혼자 있는 오사나이와 처음 이야기를 나누었던 게 9월. 그 날 바로 끌려간 카페에서 사귀어달라고 말했다. 이제는 머나 먼 옛날 일만 같다.

내가 연쇄 방화 사건을 쫓기 시작한 건 1월부터. 이쓰카이 치가 자선 바자회 기사를 쓰고 싶다고 말한 것을 계기로 《월 간 후나도》에서 학교 밖 기사도 다루게 되었다. 분명 오사나 이는 내가 기회를 얻은 것을 기뻐해주었다.

그리고 연쇄 방화는 10월부터 시작되었다.

"처음 연쇄 방화를 기사로 썼을 때를 기억해. 나는 그 기사 에 자신이 있었어. 후나도 고등학교 모두 놀랄 거라고 생각했 지만 반응은 차가웠지. 특히 너는 냉담할 정도였어.

기사가 입에 오르내리기 시작한 건 3월부터야. 두 달 연속 으로 사건 현장을 예측하자 단순한 우연이 아니라는 게 확실 해졌지. 반에서는 꽤 주목을 받았지만 학생 지도부에서 견제 가 들어오기도 했어. 그때는 이제 끝이라고 생각했지. 도지 마 선배가 제대로 대처해주지 않았다면 지금의 신문부는 없 었을 거야."

이제는 이름도 잊어버린 학생 지도부 교사. 사생활이 꼬여 서 정서가 불안정했다지만 내 기사에 정면으로 반대했다. 그 이상은 쓰지 못할 거라 각오하고 있던 나를 히야가 격려해주었다. 그리고……

"생각났어. 그 선생의 전근 소식을 알려준 게 바로 너였잖아. 인사이동 기사를 보여줬지. 기억해? 그 전통 찻집."

"벚꽃 암자 말이구나. 누가 뭐래도 아이스크림 2종 세트가 최고야."

디저트 이야기를 할 때 오사나이는 언제나 즐거워 보였다.

오늘밤, 이런 상황에서도 아이스크림이라고 말하는 오사나이의 목소리는 은근히 들떠 있다. 그게 조금 서글펐다.

"그랬나. 나는 그날 네가 한 말이 굉장히 마음에 걸렸어. 무슨 말을 하고 싶었던 걸까, 침대 속에서 고민하기도 했어. 그래서 기억해. 넌 잊었겠지. 너는 이렇게 말했어. '아무것도 하지 않는 게 최선이야.'"

일단 기억해내자 그때 들었던 말의 뉘앙스까지 귓가에 되살아났다.

―말썽은 그만 피워. 아무것도 하지 않는 게 최선이야.

나의 무엇이 '말썽'이었던 걸까? 오사나이는 어째서 아무것도 하지 않는 게 최선이라고 말한 걸까?

당시에는 답을 내리지 못했다. 다만 연쇄 방화 사건을 추적하는 나를 곱게 보지 않는다는 건 어렴풋이 알았다. 하지만 어째서?

"그다음은 4월이었어. 편집회의 때 도지마 선배가 은퇴를 결정했어. 난 부장이 되었고, 이제 신문부가 제대로 사건을 쫓을 수 있게 되었지. 그날……."

이번에는 내가 말을 흐렸다. 그날, 오사나이를 끌어안으려고 했던 내 행동은 확실히 신사적이었다고 말하기 어렵다.

하지만 지금 중요한 문제는 오사나이가 그때도 반대했다는 것이다.

"그때도 넌 아무것도 하지 않는 게 낫다고 했어. 이유를 물었더니 이상한 소리를 했어. 영문 모를 소리를."

오사나이는 이렇게 말했다.

— 난 소시민이니까. 그리고 소시민을, 좋아해.

새빨간 거짓말이다!

"그 말을 기억해내고 깨달았어. 내가 사건을 쫓는 걸 네가 반대하는 이유를 전혀 알 수 없다는 것을. 단지 그 이상 조사하면 네가 난처해한다는 건 알았어. 그리고 5월, 6월의 기묘한 행동. 더는 망설일 이유가 없었어."

배에 힘을 주었다.

"내가 아무것도 모를 줄 알고 산책이니 친척이니 실컷 떠들어댔지? 오늘밤, 내가 네 뒤를 밟은 줄도 모르고!"

신문부원과 원군까지, 도합 열세 명은 밤에 하리미 정을

가을철 한정 구리킨톤 사건 (하)

감시한다.

나는 따로 행동했다. 지금까지 들었던 이야기와 전화번호부를 뒤져 찾아낸 오사나이의 집을 감시하고 있었다. 오사나이를 사모하는 마음으로 그런 짓을 했다면 그냥 스토커다. 하지만 나는 방화범을 감시했던 것이다. 죄책감은 없었다.

저녁, 생각보다 이른 시간에 움직임이 있었다. 오사나이가 맨션에서 나왔다. 커다란 스포츠 가방을 바구니에 넣고 자전거를 몰아 거리로 나갔다.

이 시점에서 나는 내 추리가 맞았다고 확신했다. 오사나이가 입은 옷은 교복처럼 보이는 세일러복. 후나도 고등학교 교복이 아니었다. 그런 변장을 한 시점에서 평범한 외출이 아니라는 건 명백했다.

히노키 정을 빠져나가 북으로, 북으로. 오사나이는 역 앞 번화가를 지나 시내 순환도로를 타고 하염없이 자전거를 몰았다. 아슬아슬하게 놓치지 않을 만큼 거리를 두고 오사나이를 쫓아갔다. 간절한 마음이 없었던 건 아니다. 가지 않기를 바랐다. 제발 착각이길 바랐다. 하지만 오사나이의 자전거는 하리미 정으로 들어가……. 그리고 짧은 방심 때문에 나는 오사나이를 놓쳤다.

시간은 우리 예측보다 훨씬 빨랐다. 신문부 부장으로서 나는 부원들에게 경고했어야 마땅했다. 범인이 하리미 정에 들어갔다, 예상보다 일찍 사건이 일어날 가능성이 있다. 미리 대처하라고.

내가 그러지 않았던 것은 오사나이를 놓쳐서 당황했기 때문이다.

이 사건은 나와 오사나이 둘이서 끝내야 한다고 생각했기 때문인지도 모른다.

오사나이는 여전히 뒷짐을 지고 있다.

"이 사건의 범인, 파이어맨은 해머를 들고 다녀. 아마도 첫 번째 사건, 10월 방화 현장에서 훔쳐간 해머겠지. 범인은 그걸로 현장에 흔적을 남겼어. 벽이나 간판을 마구 후려쳤지. 이건 나만 아는 비장의 카드야. 모방범이 나올까 봐 기사에는 쓰지 않았던 비밀 정보. 그 스포츠 가방에는 뭐가 들어 있지? 아까 불타는 창고 옆에서 네가 들고 있던 건?"

이게 결정타다. 나는 태어나 처음으로 사람을 향해 삿대질을 했다.

"오사나이, 손을 앞으로 내밀어봐!"

오사나이는 의외로 순순히 그 말을 따랐다. 내가 이미 봤으니 이제 와서 숨겨도 의미가 없다는 걸 오사나이도 아는 것이다.

예상대로 오른손에는 붉은 해머가 들려 있었다.

멀리서 아직도 진화 작업이 계속되고 있는지 거리는 여전히 소란스러웠다.

구경꾼들이 지나갔지만 공원 나무 밑에서 맞서고 있는 우리를 쳐다보는 사람은 없었다.

분명히 이겼는데. 오래도록 추적했던 연쇄 방화 사건의 범인을, 소원대로 내 손으로 찾아내 붙잡았는데. 내 입에서 흘러나온 건 한숨이었다.

오사나이는 고개를 숙이고 어깨를 떨고 있었다. 이렇게 보니 정말 자그맣다. 어째서 나는 이렇게 작은 소녀를 그토록 어려워했을까? 이렇게 되기 전에 뭔가 할 수 없었을까? 하지만 때는 늦었다. 일련의 방화 사건에 사상자는 없다. 처벌이 가볍기만 바랄 뿐이다.

쿵, 묵직한 소리. 오사나이가 줄곧 쥐고 있던 해머를 내던졌다. 머리 양쪽이 편평한, 박는 용도로만 쓰는 해머다. 그렇게 가볍지 않을 텐데 저걸 계속 들고 다닌 이유가 뭘까. 애초에……. 궁금한 건 얼마든지 있다. 하지만 지금은 오사나이의 떨리는 어깨가 멎기만 기다렸다.

해머를 내던진 오사나이가 한 손으로 입가를 가리고 다른 한 손을 주머니에 넣었다. 떨리는 목소리는 알아듣기 힘들 정도로 작았다.

"미안해, 우리노. 잠깐만 기다려. 잠깐이면 돼."

오사나이는 주머니에서 작은 상자를 꺼냈다.

달빛에 비친 그것은, 초콜릿이었다.

망연자실한 내게 아랑곳없이 오사나이는 초콜릿 한 조각을 입에 넣었다. 이윽고 눈길을 들더니 민망한 기색으로 웃었다.

"알다시피 저녁때 집을 나오는 바람에 밥을 못 먹었어. 달콤한 걸 먹으면 속이 든든하거든."

후련하기라도 한 걸까? 오사나이는 어딘가 감정이 빠진 것 같았다. 죄가 탄로나 오히려 안도한 것처럼 보이기도 했다.

……그런가?

"후."

작은 한숨. 오사나이는 허리춤에 손을 올렸다.

"음……. 나, 당당한 남자는 싫지 않아. 그럼 어디서부터 말할까."

이것만은 묻고 싶다.

"어째서 그런 짓을 했어? 이유를 말해줘."

오사나이는 이 질문에는 고개를 저었다.

가을철 한정 구리킨톤 사건 (하)

"그건 비밀."

"경찰에는……."

"응, 이게 좋겠다. 문고본 얘기."

내 말은 듣지도 않고 혼자 끄덕거리고 있다. 위화감이 가슴속에 퍼져나갔다.

"기다리던 책이 있었어. 문고본인데 굉장히 재미있어. 앞권이 굉장히 재미있는 부분에서 끝나서 빨리 뒷이야기를 읽고 싶었는데……. 우리노가 아까 관심 없다고 딱 잘라 말했으니 내용은 말하지 않을게. 하지만 발행일에 대해서는 우리노도 관심이 있을 거야. 6월 13일이었어."

그런가. 뭐가 기묘한지 알겠다.

오사나이는 아직까지도 잘못을 뉘우치지 않고 있는 것이다. 조금도.

내 안색을 살피며 오사나이가 말을 이었다.

"발행일 하루이틀 전에는 서점에 들어온다고 해서 기다리고 있었어. 그랬는데 폭우가 내렸잖아? 비가 오는 날에 서점에 가는 건 정말 못 할 짓이야. 하물며 자전거라면 더더욱. 고생을 무릅쓰고 가도 책이 들어왔는지 알 길이 없고, 만약 들어왔다 해도 모처럼 기다린 책인데 흠뻑 젖어버리면 싫잖아. 굳이 전화해서 확인하는 것도 별로 내키지 않지.

그래서 친구한테 부탁했어. 학교에는 비밀로 서점에서 아르바이트하는 친구야. 만약에 책이 들어오면 대신 사다 달라고. 그랬더니 목요일에 들어왔다는 거야. 금요일에 학교에서 받았지. 당연히 대신 사다 준 거니까 돈을 내고. 서점에서 아르바이트하는 애라 그런지 젖지 않도록 비닐로 꽁꽁 포장해줬어. 어찌나 착실한지 굳이 영수증까지 챙겨주더라고."

오사나이는 으스대는 기색 없이 그저 담담히 말했다.

"그렇게 된 거야. 난 6월 그날에 기타우라 정에는 가지 않았어."

말도 안 된다. 그런 걸…….

"……누가 믿을 것 같아? 지금 지어낸 거잖아."

"미안해. 큰아버지 댁에 왔다는 건 거짓말이야. 아까 그런 거짓말을 해서 이제 날 못 믿는 거야?"

오사나이가 나를 올려다보며 고개를 갸웃거렸다.

"그래서 이것부터 얘기하는 거야. 분명히 믿어줄 테니까. 우리노가 원한다면 걔한테 전화할 수도 있어. 뭐든 물어봐. 걔한테 보낸 문자도 보여줄게. 날짜도 찍혀 있으니 그게 낫겠다."

오사나이는 그렇게 말하며 주머니에서 휴대전화를 꺼냈다.

가을철 한정 구리킨톤 사건 (하)

……정말인가?

"아니, 6월은 아니라고 하더라도……."

"확인 안 할 거야?"

고개를 갸웃거리는 오사나이. 조사하면 금방 알 수 있는 그런 문제보다도 할말이 있었다.

"5월에 현장에 있었던 건 사실이잖아. 게다가 그 해머도 ……."

"그럼 다음은 그걸 설명해줄게."

오사나이가 발밑에 굴러다니는 해머를 발끝으로 쿡쿡 걷어 찼다.

"이 해머는 작년 10월에 후나도 원예부에서 도둑맞은 물건이 아니야. 내가 지난달에 파노라마 아일랜드에서 산 거야."

두 가지 의미로 충격을 받았다.

한 가지는 오사나이가 갖고 있던 해머가 최근에 구입한 물건이라는 점. 그리고 또 한 가지, 원예부가 해머를 도둑맞았다는 사실을 오사나이가 알고 있었다는 점이다.

이건 완곡한 자백이 아닌가?

"원예부에서 해머를 훔쳐간 건……."

"방화범이라고 생각하지만 사실 여부는 몰라. 내가 아는 건 거의 소문으로 들은 거니까."

"소문으로 들었다고? 누구한테 들었지? 그건 나밖에 몰랐을 텐데."

오사나이가 눈을 가늘게 떴다.

"우리노. 아까부터 너무 경솔하네. 어째서 혼자만 안다는 거야? 범인도 알고 피해자도 아는데."

"그건 제외해야지. 아니, 네가 범인이니까."

"어떻게 그걸 제외해? ……하지만 됐어. 사실은 소문으로 들은 게 아니니까. 게다가 범인하고 피해자를 제외하더라도 알 만한 사람은 또 있어."

뇌리에 떠오른 인물은 히야 유토. 하지만 히야와 오사나이 사이에 접점은 없다. 그렇다면 원예부 사토무라?

작은 한숨이 귓가에 들렸다.

"우리노는 열심히 조사했어. 조사한 걸 서류철에 정리했잖아. 서류를 주의깊게 읽은 사람은 당연히 우리노하고 똑같은 정보를 아는 셈이지. 어째서 다른 신문부원들의 이해력을 그렇게 우습게 보는 거야? 그 애들도 나름대로 고민하고 조사하고 있다고 생각한 적은 없어?"

이쓰카이치가? 언제나 시키는 일밖에 하지 않는 그 1학년들이?

"그 녀석들은 그런 말은 한마디도 하지 않았어."

"우리노가 부장이라 그래. 생각한 걸 부장한테 다 털어놓을 순 없어. 만약 그랬다면 얼마나 마음이 편할까?

내가 해머에 대해 알고 있는 것도 그 서류철을 봤기 때문이야. 인쇄 준비실에 부주의하게 방치했잖아. 열쇠는 교무실에서 쉽게 빌려주니까 자주 읽었어. 물론 '범인은 현장에서 해머를 이용하고 있다'고 써놓진 않았지. 하지만 증언이나 모아놓은 현장 사진을 보면 적어도 우리노가 그렇게 생각하고 있다는 건 충분히 알 수 있었어."

생각났다. 6월, 폭우가 내리던 날. 어째서인지 오사나이는 인쇄 준비실에 있었다.

오사나이는 다시 한번 떨어진 해머를 톡톡 걷어찼다.

"직접 수집한 자료를 우리노가 제대로 이해했다면 아까 불에 타고 있던 창고 옆에서 만났을 때 바로 알아차렸어야 해. 내가 가지고 있는 건 도둑맞은 해머가 아니야. 만약 지금까지 똑같은 해머로 현장에 흔적을 남겼다면, 그건 이렇게 생긴 물건이 아니라는 걸 알았어야 해.

그런데 우리노가 이 해머를 날 고발할 근거로 삼으니까 어쩌면 좋을지 고민했어."

"아아, 그건 이상하다고 생각했어."

그런 말이 반사적으로 튀어나왔다. 아차 싶었지만 늦었다.

나는 허세를 부리고 말았다. 오사나이는 눈치챘을 것이다. 알면서도 다정하게 웃었다.

"그래, 그렇지? 아까는 경황이 없어 세세한 걸 놓쳤는지도 몰라. 하지만 지금은 알지? 이 해머에는 노루발이 없다는걸."

오사나이가 톡톡 걸어차고 있는 해머에는 확실히 노루발이 없었다.

원예부원이 어떻게 생긴 해머인지 말을 했던가? 내가 수집한 증언에 있었을지도 모른다. 하지만 벌써 거의 일 년 전 일이다. ……잊어버렸다.

"그때 원예부는 간판을 치우려고 해머를 들고 갔어. 조각을 한데 모아 쌓아놨다고 적혀 있었지. 해머로 마구 때려서 조각냈을까? 설마! 당연히 원예부는 간판을 뽑아 못을 빼서 조각조각 분리한 다음 치운 거야. 애초에 원예부 사토무라는 해머라는 말은 하지도 않았어. 서류철에 있는 자료가 정확하다면 도둑맞은 건 망치라고 했잖아? 그걸 해머라는 표현으로 바꾼 건 우리노야. 어째서? 그게 멋지니까?

게다가 범행 장소는 조용한 밤에 해머로 쾅쾅 두드려도 괜찮은 곳만 있었던 게 아니야. 주택가나, 시끄럽게 굴면 사람들이 모여들 만한 장소에 남아 있던 '흔적' 중에는 날카로운 노루발이 없으면 내지 못할 자국들도 몇 개 있었어."

나는 전부 기억하고 있다. 껍질이 벗겨진 가로수. 갈기갈기 찢긴 오토바이 안장. 비스듬히 긁혀 있던 출입 금지 간판.

확실히 몇 개는 둔기로 낸 흔적이 아니었다.

"물론 범인이 해머 말고 다른 도구를 가지고 다녔을지도 몰라. 나는 그 가능성이 더 높다고 봐. '범인은 첫 번째 방화로 입수한 전리품을 매번 들고 다니며 사용한다'고 생각하는 건, 음, 조금 낭만적인 해석이야. 어쨌거나 이 해머를 갖고 있었다고 해서 날 의심하지는 말아줘."

하지만…….

그렇다, 저건 원예부가 도둑맞은 해머는 아닐지도 모른다. 하지만 오사나이가 오늘밤 해머를 들고 하리미 정에 왔다는 건 사실이다. 그것만으로도 정상은 아니다.

"그럼 그건 왜 가져온 거야? 방화범이 아니라면 넌 여기에 뭘 하러 왔지?"

오사나이는 미소를 거두지 않았다. 마치…….

마치, 손이 가는 아이를 흐뭇하게 바라보는 것처럼.

"아아, 우리노. 조금 더 생각해봐! 난 5월 현장에 있었어. 그건 맞아. 보다시피 8월 현장에도 있었어. 그런 사람은 어떤 사람일까? 범인 말고 그런 짓을 하는 사람을 나는 알아. 우리노도 알잖아?"

5월에도, 8월에도, 방화 현장에 있었던 사람.

모를 수가 없다.

"그건 나야. 신문부야."

방화범을 잡아 기사를 쓰기 위해 나는 도시를 질주했다. 오사나이도 똑같이 돌아다녔을 줄이야.

어째서, 그런……. 그럴 리가 없다.

"……너도 방화범을 쫓고 있었어?"

"훌륭해, 우리노."

오사나이는 더없이 다정했다.

"좋은 대답이야."


어디선가 불어온 시원한 바람이 스쳐갔다.

"바람이 상쾌하네."

오사나이가 귀에 걸린 머리카락을 쓸어 올리며 바람이 불어온 방향을 보았다.

달빛 속에서 나는 보았다. 가늘게 뜬 눈, 유연하게 움직이는 손가락, 시선마저 요염하다. 짙은 남색에 가까운 낯선 세일러복과 발밑에 떨어진 붉은 해머.

상황은 전혀 다르다. 하지만 이것이 바로 내가 처음 보았던 오사나이였다. 언제였던가, 인쇄 준비실에서 도지마 선배에게 귓속말을 하던 요염한 소녀. 그 모습과 표정, 동작에 너무 격차가 커서 관심이 갔고, 나는 오사나이에게 사귀어달라고 고백했다.

오사나이는 속은 알 수 없지만 평범한 소녀였다. 그렇기에 잊고 있었다. 그렇지 않다고 생각했던 건, 그렇다, 내가 신문부 부장이 된 날. 억지로 끌어안았더니 훌쩍 빠져나가서, 웃었다. 그때 오사나이는 바로 돌아갔다.

오늘밤, 오사나이는 떠나지 않았다.

시선이 내게로 돌아왔다. 오사나이가 무슨 소리를 할지 두려워 마구 떠들었다.

"그럴 리 없어. 그렇다면 숨어서 그럴 필요가 없잖아……. 내게 미리 한마디라도 했을 거야."

그 말에 오사나이가 표정을 흐렸다.

"그렇게 슬픈 소리는 하지 마."

"어……?"

"우리노는 뭘 선택했지? 사람의 말이나 성의가 아니라 확실한 사실만을 믿고 비밀을 폭로하는 쪽을 선택한 것 아니었어? 그렇게 추리한 결론인데 '그럴 리 없어', '미리 한마디라도 했을 거야'라니 이상하잖아. 내가 아무 말도 안 한 이유야 수십 개라도 댈 수 있잖아?"

나는 아무것도 선택한 적이 없다. 방화범을 체포하고 싶었을 뿐이다. 하지만 그게…… 그런 뜻이 되나?

"말할 생각은 없었어. 하지만 오늘밤이 마지막이라면 가르쳐줄게. 나, 그동안 몰래 우리노를 도왔어."

"네가, 나를…… ."

"예를 들면, 그래, 도지마한테는 꽤 여러 가지 부탁을 했어. 자선 바자회를 어떻게 홍보할지 고민하는 애가 있어서 이쓰카이치에게 부탁하면 된다고 가르쳐줬지. 그리고 이쓰카이치는 교내 신문을 이용해 홍보해줬어."

이쓰카이치가 편집회의에서 칼럼을 만들자고 제안했을 때 맥이 빠질 정도로 쉽게 승인받은 사실을 기억한다. 이상하다 싶긴 했는데…… .

"그게."

"호박이 넝쿨째 굴러든 줄 알았어? 말할 생각은 없었어, 진짜야. 네 자존심이 상처 입을 테니까."

오사나이는 그런 말을 태연히 했다.

"우리노가 자유롭게 기사를 쓰고 싶다고 해서 뒤에서 몰래 도왔던 거야. 하지만 부장이 되자 이번에는 직접 방화범을 체포하겠다고 나섰어. 내가 말렸지? 충고도 했어. ……하지만 우리노는 듣지 않았어."

그날 일은 평생 잊지 못할 것이다. 나는 내가 할 수 있으리라 믿었다. 겨우 넉 달 전의 일이다.

"게다가 우리노는 자기 입장이 얼마나 위험한지 모르고 있었어. 교내 신문에 '거기서 화재가 발생한다'고 쓰면 정말 현실이 돼. 언제 경찰이 찾아와서 경찰서로 같이 가자고 해도 이상하지 않아. 지금까지 무사했던 건 경찰이 이 연쇄 방화를 성실하게 조사하지 않았거나, 아니면 성실하게 조사해서 우리노가 꼬리를 드러내는 순간을 기다리고 있었기 때문 아닐까?"

오사나이가 바로 옆에 있는 나무를 천천히 가리켰다.

"나는 저 나무 뒤에 무서운 사람이 숨어서 감시하고 있다 해도 이상할 것 없다고 생각해."

나는 그 나무를 차마 쳐다볼 수 없었다. 오사나이의 말이 틀리지 않다는 걸 알기 때문이다.

"그런 우리노를 위해서, 그래도 뭔가 할 수 있을지도 모르니까 나름대로 조사했어. 그걸 이렇게 완전히 오해해서 나를 범인으로 몰다니.

그만두는 게 낫다고 충고한 이유, 기억하나 보구나. 난 소시민을 좋아한다고 했어. 정확히 말하면 조금 달라. 만약 네가 직접 범인을 잡으려고 한다면 분명 스스로가 평범한 소시민임을 깨닫게 될 거라 생각했기 때문이야."

"내가? 소시민?"

앵무새처럼 따라 하자 오사나이가 고개를 갸웃거렸다.

"그래. 총명함이 조금 모자랄까. 그리고 교활함도. 사람을 부리는 방법도 그래, 조금만 더 능숙하면 좋을 텐데. 그리고 의심할 줄도 알아야 하고. 아까 내가 폭우가 내리던 날 친구한테 부탁해서 책을 샀다고 했을 때 확인 안 했지? 그럴 때는 말이야, 아무리 확실하다고 생각해도 최소한 확인은 하는 게 나아.

행동력은 합격점일까? 가망이 없어도 현장을 확인하는 자세는 중요해. 효율은 그래, 조금 더 노력해야지. 열 달이나 들였는데 우리노는 수많은 사람들 사이에서 용의자를 충분히 추려내지는 못했어.

굉장한 점도 있어. 직접 방화범을 잡기 위해서라면 피해도 무릅써야 한다고 생각했지? 누가 피해를 입어도 상관없다고 말이야. 그 이기적인 생각은 비밀을 폭로하는 사람에게 걸맞은 성격이야. 총점은, 으음⋯⋯."

밤바람에 등이 얼어붙었다.

"실망하지는 않았어."

시선을 들자 오사나이가 웃고 있었다.

"그럴 줄 알았거든."

그토록 보고 싶었던, 눈앞에 케이크가 있을 때와 똑같은 환한 웃음이었다.


오사나이는 그 이상 아무 말도 하지 않았다.

그 의미는 나도 알 수 있었다. 나는 오사나이를 크게 실망시켰고, 오늘밤 대화는 끝났다. 처음 생각했던 대로 오늘밤이 마지막이 될 것이다.

발이 땅에 들러붙은 것처럼 걸음이 무거웠다. 공원 출구로 향하는 걸음걸이가 믿을 수 없을 정도로 무거웠다. 하다못해 당당히 걸으려고 했지만 아마도 몸을 질질 끌고 있었을 것이다. 머리가 어질어질했다.

앞으로 어떻게 될까.

적어도 부원들에게 오늘밤이 끝났다는 건 말해야 한다. 끝났나? 간신히 그건 아니라는 걸 깨달았다. 방화범을 찾아냈다면 분명 끝났을 터였다. 나는 그저 오사나이와 이야기를 나누었을 뿐이다.

고개만 돌려서는 오사나이의 모습을 볼 수 없었다. 하지만 차마 몸까지 돌리지는 못하고, 그대로 물었다.

"방화범은 어떤 녀석이었을까?"

시야 밖에서 오사나이가 흔쾌히 대답해주었다.

"겉보기는 우리하고 비슷한 또래였어. 남자애 같아."

그리고 가벼운 웃음소리.

"아마 지금쯤 붙잡혔을 거야. 여우가 어슬렁거리고 있었으니까."

무슨 소리를 하는지 모르겠다.

지금 저 말을 알아듣지 못하는 것도 내가 소시민이기 때문일까?

4

어슬렁거리다니 말이 심하네.

우리노가 떠날 때까지 나는 거북한 심경으로 멀거니 있었
다. 두 사람이 이야기를 나누는 동안 팔짱을 끼고 다리를 꼰
채로 나무 뒤에 기대어 있었다. 겨우 몇 미터 떨어져 있을 뿐
인데 조용히 있으니 의외로 들키지 않았다. 도중에 문자가 와
서 휴대전화가 한 번 울렸지만 역시나 들키지 않았다. 오사나
이가 "저 나무 뒤에"라고 말했을 때는 당황했지만 공원에 둘
뿐이라는 선입견이 있는지 그래도 들키지 않았다.

마음속으로 그만 나가도 될지 몇 번이나 물었다. 어쨌거나
생각지도 못한 위태로운 방향으로 이야기가 흘러가고 말았
다. 생각 없이 고개를 내밀었다가 오사나이와 우리노가 아직

서로 마주보고 있기라도 하면 낭패다. '이거 실례, 젊은이들 끼리 잘해보게' 하고 떠날 수도 없고.

몇 번째인지 모를 마음속 질문에 대답이 돌아왔다.

"고바토. 나와도 돼."

조금 경계하면서 나무 뒤에서 나갔다. 우리노는 없었다. 등을 돌리고 있는 오사나이는 역시나 작았다. 그 뒷모습에 대고 말했다.

"여우라니 너무하네, 우리노는 못 알아들을 텐데. 솔직히 나도 내 얘기인 줄 나중에야 알았어."

"못 알아들어도 돼, 이젠."

오사나이는 여전히 등을 돌리고 있었다.

"그래서 어떻게 됐어?"

"해결했어. 겐고가 잡았어."

아까 문자는 겐고가 보낸 것이었다.

잡았다. 지나가던 사람이 경찰을 불렀어.

겐고가 혼자서 범인을 잡을 경우 동정심이 일어 놓아주지나 않을지 우려했다. 그래도 상관없다고 생각하기는 했지만…… . 뭐, 범인은 마지막 순간에 운이 없었던 모양이다.

"아까 소방차 소리에 섞여서 경찰 사이렌도 들리던데. 알고 있었어?"

"아니. 이야기하느라 바빠서."

그래, 뭐, 그랬겠지.

"아마 그 차로 연행되었을 거야."

"그렇구나……. 고바토가 추리한 거야?"

1학년 때였다면, 아니라고 했을 것이다. 나는 소시민을 지향하며 비밀을 폭로하는 짓은 하지 않겠노라 맹세했기 때문이다.

2학년 때였다면, 그렇다고 했을 것이다. 의지는 해이해지고 행동에 허점이 있었다는 건 부정할 수 없으니까.

지금은, 이렇게 대답하련다.

"나도 조금은 도왔지. 하지만 모두의 힘이야!"

오사나이는 천천히 몸을 돌리더니 웃었다. 시시한 농담에 억지로 장단을 맞춰주는 듯한, 메마른 웃음이었다.

아까까지 밤하늘을 환하게 밝히던 불꽃의 빛도 사라졌다. 사이렌 소리도 사라져, 어느새 주위는 여름밤에 어울리는 차분한 정적을 되찾았다.

오사나이가 물었다.

"그래서 방화범은 누구였어?"

휴일을 만끽한 친구에게 속세의 예의상 '어제 라이브 어땠어?'라고 묻듯 무관심한 태도가 훤히 들여다보였다. 나는 쓴

웃음을 흘렸다.

"정체는 아직 몰라. 정신이 없었는지 겐고가 어중간한 문자를 보내서. 짐작은 하고 있지만."

"추려냈구나."

"한 사십 명까지는. 그다음은 정보통 덕분일까."

"가르쳐줘, 고바토. 고바토가 뭘 했는지."

오사나이를 힐끗 보았다.

이번 사건의 전말은 언젠가 이야기하게 될 줄 알았다. 딱히 숨길 생각도 없고, 그럴 필요도 없다. 하지만 굳이 따지자면 방과후 학교 어디선가, 그런 일도 있었지, 하고 떠들게 될 줄 알았다. 이야기 상대는 분명 쾌활한 반 친구.

그런데 오늘밤 여기서 오사나이에게 말하게 될 줄은 몰랐다. 일 년 가까이 말 한마디 제대로 나누지 않았는데 화제가 방화범이라니. 오사나이도 딱히 궁금하지는 않을 텐데. 나는 뺨을 긁적였다.

"뭐, 나중에 얘기할게. 여기서 서서 말하기도 그렇고, 오늘밤은 여러 가지 일이 있었잖아. 그만 돌아가야겠어."

"말해줘."

뜻밖에도 강경한 태도였다.

"부탁이야. 오늘밤, 전부 끝내고 싶어."

그런가……. 부탁한다면 어쩔 수 없지.

하다못해 벤치에라도 앉고 싶은데, 이 공원에 있는 벤치는 닥스훈트 모양이다. 멍청하게 혀를 쑥 내밀고 있는 디자인이라 차마 못 앉겠다. 서서 말해야겠다.

그래, 어디서부터 말하면 좋을까.

"알았어. 그런데 오사나이는 어디까지 알고 있어?"

"아무것도 몰라."

그럴 리 없지만, 뭐 상관없나. 처음부터 얘기한다면 시작은 이거다.

"그럼 간단히 할게. 올해 2월, 우리집 근처에서 불이 났어. 불에 탄 건 크림색 라이트밴이었는데 강가에 버려져 있었어. 호기심에 구경하러 갔는데 어디서 본 것 같은 거야. 그래서 겐고를 통해 알아봤지. 불에 탄 차는 호조네 차였어……. 기억해? 호조. 작년 여름, 오사나이를 납치한 패거리 일원."

"뭐?"

오사나이가 예상도 못 했다는 듯이 소리를 질렀다.

"그게 계기였어?"

"아, 역시 알고는 있었구나."

나는 그 연쇄 방화에 별 관심이 없었다. 작년, 오사나이는 내가 수수께끼를 발견하면 불나방처럼 흐느적흐느적 다가간다고 착각했던 모양이다. 하지만 나도 이 세상 모든 것을 재미있게 여기는 건 아니다. 연쇄 방화 사건에 기껏해야 세상이 험하다고 눈썹을 찌푸리는 게 고작이었다.

불에 탄 자동차가 호조의 차가 아니었다면 그대로 넘어갔을 것이다.

그후 조사해봤지만 호조는 전혀 얽혀 있지 않았다. 대신 다른 요인들이 잔뜩 나왔다. 나는 연쇄 방화와 작년 납치 사이에 관련이 있다는 추측을 재빨리 버렸다. 우연인지 아닌지는 당연히 검토해야겠지만, 있을 수도 있는 우연을 검증하겠다고 언제까지 매달리는 것은 어리석은 짓이다.

"요컨대 그건 그냥 버려져 있어서 표적이 된 거였지, 소유자하고는 상관없었던 모양이야."

오사나이가 끄덕였다.

"그때는 나도 깜짝 놀랐어. 하지만 이런 일도 있구나, 하고 놀라고 끝이었지."

그 차가 표적이 된 이유가 있기는 하다.

호조는 당시 열여섯 아니면 열일곱이었으므로 부모의 자동차를 몰래 끌고 다녔을 것이다. 자동차는 아마 작년 납치 사건 이후 줄곧 방치되어 있었으리라. 계속 비바람을 맞은데다 차량 내부도 지저분했다.

그런 황폐한 분위기는 그것만으로도 떳떳하지 못한 놈들을 불러들인다.

"그래서 조금 관심이 생겨서 겐고하고 이야기하다가, 오사나이가 신문부에 개입하고 있다는 걸 알았어."

"개입……."

"음, 표현은 그냥 넘어가. 어쨌거나 난 겐고에게 자료와 정보를 받았어. 연쇄 방화를 추적하고 있는 신문부원의 이름이 우리노라는 것과, 우리노가 이 도시의 '방재 계획'이 사건과 관계가 있다고 생각한다는 이야기를 들었지. 조금 묘했어. 방화범이 소방 분서 관할 지역을 의식하다니, 견강부회로 들렸거든. 하지만 사건은 정말 그대로 일어나고 있었지. 그래서 들은 정보만으로는 의심스러워서 도서관에서 확인해봤어. ……웃음이 나왔어."

그때의 기억을 떠올리자 쓴웃음이 나왔다.

"칠 년 이전으로 거슬러 올라가면 고사시 분서가 존재하지 않아. 오 년 전부터 작년까지 사용된 '방재 계획'에는 분서 관할 표시가 없어. 우리노의 가설에 따르면 방화범이 참고로 쓴 자료는 정확히 육 년 전 그해에만 발행된 '방재 계획'이라는 뜻이 돼.

그렇지 않아도 한계가 있어 보이는 과정에 조건이 또 붙었어. 그렇게 되면 '방재 계획' 가설은 버리는 게 낫지. 오히려 당연히 스티그마 효과일 가능성이 크다고 생각했어."

오사나이를 상대로 보충 설명을 할 필요는 없겠지만 일단 풀어서 말했다.

"방화범은 《월간 후나도》의 기사를 보고 다음 범행 현장을 결정했을 거야."

표정을 훔쳐보았다. 오사나이는 잠자코 듣고 있었다. 이미 예상했던 걸까? 적어도 큰 충격을 받은 것 같지는 않았다.

계속 설명했다.

"그런데 자기 성취 예언설에도 문제가 있어. 최초의 방화는 10월이었고, 《월간 후나도》에 처음 기사가 실린 건 2월이었지. 2월 1일에 기사가 나왔고, 그로부터 약 열흘 후에 기사대로 방화 사건이 발생했어. 그렇다면 10월부터 1월 사이, 네 번의 사건은 어떻게 설명해야 할까? 여기서 겐고에게 들은 이야기가 큰 도움이 되었어."

정확히 뭐라고 말했는지는 기억나지 않는다. 기억하는 것은 우리노의 대활약. 그는 10월부터 1월까지 발생한 사건에 대해 공통점이 없는지 열심히 취재를 했다. 그리고 '분서 관할'이라는 키워드를 찾아내 이번에는 소방 분서가 실린 리스트를 모조리 뒤졌다고 한다. 아마도 전화번호부나 재해 예측도, '시민 생활 도우미' 같은 자료를 말하는 것이리라. 훗날 증거의 신빙성을 확인하느라 내가 참고한 자료이기도 하다.

"우리노는 방화 현장의 공통점을 조사했어. 그리고 찾아냈지. 찾아내고 말았어. 나는 그 시점에서는 우리노의 존재를 몰랐어. 하지만 아마 그 후배는 공통점을 찾을 때 거기에 함정이 있는 줄 몰랐을 거야."

열심히 조사하면 예상한 자료를 찾을 수도 있다. 그 순간, 그 예상이 옳은지 의심해봐야 한다는 생각은 사라지고 만다.

오사나이가 보일 듯 말 듯 고개를 끄덕였다. 우리노의 성격을 알 테니 짐작 가는 구석이 있는 것이다.

나는 말했다.

"모집단이 작으면 공통점은 쉽게 찾을 수 있어. 복숭아와 유자, 파인애플은 나무에 열린다는 공통점으로 묶을 수 있지."

"파인애플은 나무에 열리지 않아……."

중요한 건 그게 아니다.

"나쁘게 말하면 어떤 식으로든 갖다 붙일 수 있다는 말이야. 하마에, 니시모리, 고사시, 아카네베에서 있었던 네 번의 방화에 범인이 사전에 마련해놓은 공통점은 없었어. 하지만 우리노는 그걸 만들어내고 말았어. 공통점을 찾는다는 건 그런 거야. 우리노는 자기가 억지로 갖다 붙이고 있을지도 모른다는 의심을 한 번도 하지 않았어.

아니, 의심했는지도 몰라. 하지만 그 가설을 토대로 기사를 썼더니 그대로 사건이 발생했어. 우리노는 사실이 가설을 증명해줬다고 생각했겠지."

나는 우리노를 옹호할 수도 있다.

만일 《월간 후나도》가 최초의 사건부터 예언했다면 아무리 우리노라 해도 범인이 《월간 후나도》의 예언을 따라 사건을 저지르고 있다고 의심했을 것이다. 또한 사건 발생 건수가 더 많았다면, 가령 열 번의 사건에서 공통점을 찾아내려 했다면 더 섬세하고도 까다로운 공통점이 필요했을 테니 자기가 억지로 갖다 붙이고 있다고 생각했을지도 모른다.

비교적 쉽게 공통점을 찾아냈고, 가설을 도출했더니 사실이 따라왔다. 이중의 심리 함정, 우리노는 그것을 알아차릴 재간이 없었다.

하지만 우리노를 옹호할 생각은 없다. 알지도 못하는 사람이고.

"문제가 신문부에 있다는 걸 알고 조금 고민했어. 겐고에게 말하면 《월간 후나도》 칼럼을 중단시킬 수는 있어. 하지만 그걸로 범행이 그칠까?

방화범은 2월 이후로 《월간 후나도》를 따라 범행을 거듭하고 있었어. 그게 아니더라도 10월부터 사건을 저지르고 있었어. 아마 칼럼을 막았어도 사건은 이어졌겠지. 그렇다면……."

그대로 두고 유인해서 낚는 게 낫다.

"그래서 사전 준비를 조금 했지. 부원을 한 명 포섭했어. 이쓰카이치, 오사나이도 알아? 걔가 도와줬어. 역시 겐고는 후배들 신임이 두텁더라. 설득할 때 도움을 받았어."

"그렇구나."

오사나이가 중얼거렸다.

"4월까지는 몬치가 내 정보원이었는데. 고바토도 스파이를 파견했을 줄이야……. 미처 몰랐네."

저렇게 아쉬워할 필요가 있나? 게다가 스파이라니 듣기 거북하게. 내부 협력자일 뿐이다.

"이쓰카이치한테 신문부 분위기가 어떤지 물어봤어. 특히 우리노의 일하는 태도를. 그랬더니 연쇄 방화 사건에만 매달려 기본적인 일들을 내팽개치고 있다는 거야. 기사를 배분하거나, 오탈자를 찾거나, 몇백 부를 인쇄하거나, 아침 일찍 등교해서 학생들 책상에 신문을 배포하는, 그런 자잘한 일들을 말이야……."

안 된 일이지만 그 이야기를 들었을 때, 아마 우리노의 인망은 겐고에게 미치지 못할 거라고 생각했다. 나도 자잘한 작업은 기피하는 타입이라 남 이야기 할 처지는 못 되지만.

"그래서 작전을 세웠지. 범인을 추려낼 작전을. 《월간 후나도》를 바꿔치기해서 칼럼 부분에 몰래 몇 마디 덧붙였어. 범행 현장을 예측한 6월호의 요란한 문장 마지막 부분을 수정해 조금 더 상세한 장소를 지정했지. 그런 걸 몇 종류나 만들었어."

말하다가 깨달았는데 이 작전, 이쓰카이치의 작업량이 어마어마하다. 뭐, 전부 원활하게 진행된 걸로 보아 어쩌면 겐고가 몰래 도왔는지도 모른다.

"6월호는 반마다 내용이 달라. 2학년 A반에는 모 교차로 부근에서 불이 날 것이다, 2학년 B반에는 모 사적 부근에서, 2학년 C반에는 모 공원 부근에서, 이런 식으로. 방화 사건이 나면 바로 범인이 몇 반인지 알아낼 수 있도록 꾸몄어. 물론 1학년들한테 배포하는 신문에는 조작을 하지 않았어. 방화는 작년부터 시작되었으니까 범인은 작년에도 후나도 고등학생이었을 거야."

목소리가 조금 가라앉았다.

"……사실은 한 번에 알아내고 싶었어. '다음 현장은 모 동네 모 카페'라고 바꿔 써서 그 카페를 몰래 감시하고 싶을 정도였어. 그러면 한 번에 끝나니까. 하지만 후나도 고등학생은 천 명이야. 1학년을 빼더라도 약 육백육십 명. 그만한 용의자를 전혀 추려내지 않고 그대로 잠복하려니 불안했어. 확실하게 몰아넣을 수 있는 정보가 필요했어."

6월호로 덫을 쳐 범인이 몇 반인지 알아내고, 7월호로 꾀어내서 끝장을 낸다. 그럴 계획이었다. 즉 나는 6월에 일어난 방화에 대해서는 부득이한 일이라고 생각했다. 그게 정말 불쾌했다.

이미 마음속으로는 마무리지은 일이었는데. 생각이 얼굴에 드러난 걸까? 오사나이가 작은 목소리로 이렇게 말했다.

"그건 어쩔 수 없어. 방재도 방범도, 고바토가 해야 할 일이 아니니까 책임은 느끼지 마."

책임이 아니다. 보다 완벽한 작전을 세우지 못했다는 게 불만스러운 것이다……. 하지만 순순히 대답했다.

"고마워."

오사나이는 웃음기 없이 고개를 끄덕였다.

실제로 6월에는 피해가 없었다. 폭우로 방화 사건이 일어나지 않았던 것이다. 그렇다고 해서 바뀐 건 없다. 계획이 한 달 밀렸을 뿐이다. 우리노가 7월호에 "방화범은 아직 기타우라 정을 노리고 있다"라고 썼기 때문에 범인은 기타우라 정에 불을 질렀다.

"범인은 덫에 걸렸어. 7월, 기타우라 정 태자당 근처에서 불이 났어. '방화범은 기타우라 정 태자당 부근을 노리고 있다'라고 쓴 신문을 배포한 학급은 2학년 G반. 범인은 2학년 G반 학생이라는 걸 알아냈어."

"그렇게 사십 명으로 추려낸 거구나."

엄밀하게 말하면 그 사십 명으로부터 《월간 후나도》의 정보를 얻을 수 있는 학교 외부 인물도 용의자가 된다. 학교에서 가져간 《월간 후나도》를 집에서 읽을 수 있는, 가족 말이다.

하지만 우리노의 분투가 무색하게 《월간 후나도》는 달마다 쓰레기통에 처박혔다. 연쇄 방화 기사가 주목을 끌기 전인 2월호부터 매달 교내 신문을 집에 가져가 가족에게 보여준 학생이 있을 가능성은 무시할 수 없겠지만, 조금 군색한 것 같았다.

"다음은 2학년 G반에 특별히 우리노 다카히코와 친한 사람이 있는지 조사하는 거였어. 교내 인간관계에 여러모로 정통한 사람이 있어서 조사를 부탁했지."

오사나이는 은근슬쩍 넘어가려는 나를 슬그머니 타박했다.

"우리노하고 친한 사람은 왜?"

"아아……."

뺨을 긁적였다.

"간단해. 우리노는 10월부터 1월까지 네 번의 방화 사건을 토대로 '방재 계획' 가설을 세웠어. 그리고 그걸 2월 《월간 후나도》에 발표했지. 그리고 발표 직후 우리노의 가설에 따라 2월 방화 사건이 발생했어.

2월 시점에서 《월간 후나도》에 주목한 사람은 거의 없었을 거야. 어쨌거나 매달 교내 신문을 배포하는 날에는 쓰레기통이 신문으로 가득차니까. 그런데 범인은 신속하게 《월간 후나도》를 참고했어.

우연일지도 모른다는 생각은 했어. 가장 가능성이 높은 건 방화범이 1월에 이미 우리노 가설을 알고 있었다는 거였지. 그렇다면 방화범은 우리노로부터 비밀스러운 이야기까지 들을 수 있는 인물이라는 뜻이 돼."

"알겠어."

오사나이의 목소리는 어디까지나 평탄했다.

"어째서 고바토가 그 부분을 슬쩍 넘어가려 했는지도 알겠어."

이 정도면 알 수밖에 없나. 아니면 역시 보통이 아니라고 해야 할까.

그렇다. 이 문제 때문에 나는 꽤 오랫동안 오사나이가 방화범일 가능성을 배제하지 못했다. 2월에 호조의 자동차가 표적이 되었다는 사실이 좀처럼 잊히지 않아 꽤 혼란을 겪었다. 불은 오사나이에게 어울리는 수단이 아니다. 하지만…… 이런 식이었다.

학급마다 다른 기사를 배포하는 작전은 우리노의 도움을 받는 게 가장 확실했다. 그러지 않았기 때문에 이쓰카이치는 우리노의 눈을 피해 몰래 몇 종류나 되는 《월간 후나도》를 만들어야 했다.

수고를 끼쳤지만, 우리노가 범인과 개인적인 친분이 있다고 의심되는 이상 안전 대책이 필요했다.

하물며 상대가 오사나이일지도 모른다고 생각하니 신중해질 수밖에 없었다.

우리노에게 비밀로 한 것은 단순히 안전 대책이었기 때문에 도중에 눈치를 채고 화를 내면 겐고가 가서 설명할 예정이었다. 관계는 거북해지겠지만 작전에 지장은 없다.

우리노는 끝까지 눈치채지 못했지만. 신문 배포를 도왔다면 바로 알아차렸을 텐데.

오사나이를 의심한 것 자체는 잘못이라고 생각하지 않는다. 정보가 부족한 시점에서는 어쩔 수 없는 일이었다. 실제로 나는 학생 지도부 선생님이나 도지마 겐고가 방화범일 가능성도 없지는 않다고 생각했다.

　다만, 이미 풀린 의혹을 굳이 말할 필요는 없다고 생각했을 뿐. 헛기침을 하고 말을 이었다.

　"그래서 조사 결과가 나왔어. 2학년 G반에는 진짜로 우리노의 친구가 있었어. 1학년 때는 반도 같았어. 그 애를 가장 유력한 용의자로 보고 G반에 배포한《월간 후나도》8월호에 한 번 더 덫을 쳤지. 8월은 하리미 정 제1 어린이 공원 부근을 노릴 거라고 썼어. 그리고 이 공원에."

　나는 두 손을 펼쳤다. 하리미 제1 어린이 공원에는 희미한 벌레 울음소리뿐. 철책과 화단이 높아 주변이 잘 보이지 않는다. 최고의 감시 장소라고 하기는 어렵지만 매복하기에는 안성맞춤이다.

　"겐고가 잠복하고 있었지."

　오사나이가 의미심장한 눈길을 힐끗 던졌다.

　무슨 말을 하고 싶은지 대충 알겠다. 어째서 내가 직접 잠복하지 않았는지 묻고 싶은 것이다.

　그야, 모기가 있을 것 같아서.

　나는 밤이 조금 더 깊어지면 다른 장소에 숨어 있을 작정이었다. 다만 범행 시각이 생각보다 일러서 타이밍을 놓쳤을 뿐이다. 마음속으로 변명했다.

그런 갈등을 아는지 모르는지 오사나이가 다른 질문을 했다.

"물어봐도 모르겠지만, 용의자의 이름은?"

"응, 말해도 모르겠지만, 히야 유토야."

역시나 모르는 사람인지, 열 건에 달하는 연쇄 방화범의 이름을 들은 오사나이의 반응은 짤막했다.

"흐응."


밤바람이 뺨을 어루만졌다.

붕붕, 귀에 거슬리는 날갯소리가 들려왔다. 모기가 우리 사이를 지나갔다. 나는 무심코 두 손을 들어 모기를 노리고 손바닥을 찰싹 맞부딪쳤다. 잡은 줄 알았는데 날갯소리가 사라지지 않는다. 괜히 팔을 뻗어 박수만 친 꼴이 되었다.

오사나이가 시선을 돌렸다. 얼굴은 내 쪽을 향한 채로 눈으로만 모기를 좇더니 순간 팔을 뻗었다. 내지르는 듯한 동작으로 허공을 움켜쥔다. 오사나이가 주먹을 불끈 쥐었다가 폈다.

부웅, 날갯소리. 오사나이의 시선이 허공을 오갔다.

"놓쳤어."

"그냥 보내주자."

어쩌면 지옥으로 떨어졌을 때 부처님이 천국에서 밧줄을

내려주실지도 모르니까.

　오사나이는 가만히 손을 바라보다가 이윽고 포기한 듯 팔을 내리고 말했다.

　"훌륭해, 고바토."

　모기는 어디론가 가버렸다.

　"못 잡았는데."

　"응, 나도. 그게 아니라……."

　……알아.

　"아까 화재 현장 근처에서 만났을 때 어쩐지 예감은 했어. 고바토는 거의 방화범을 잡은 거나 마찬가지라고. 이번처럼 범인일지도 모르는 사람이 수백 수천 명이나 되는 사건은 고바토의 특기 분야가 아니라는 것도 알고 있었어. 그래도 분명 잡을 줄 알았어. 어째서일까?"

　"글쎄, 나도 모르겠네."

　"내가 고바토를 그 정도로 신용했던 걸까?"

　나는 힘없이 대꾸했다.

　"시간도 걸렸고, 피해도 발생했어. 칭찬받을 솜씨가 아니야."

　"그거 알아? 이번 연쇄 방화, 다들 꽤 관심이 많아. 역 앞이나 오래된 주택가, 불이 나면 대참사가 일어날 수도 있는 곳에서는 자경단 같은 조직도 만들었어. 순찰하는 경찰도 상당히 늘었고. 임시 방재 훈련을 실시한 동네도 있다고 신문에 실렸어. 고바토는 그런 사건을 해결한 거야. 평범한 고등학생인데."

새삼 그렇게 들으니 무서웠다.

나는 범인이 꽤 초반부터 《월간 후나도》를 보고 있다고 생각했다. 그래서 이번 연쇄 방화 사건은 후나도 고등학교 내부에서 일어난 사건이라는 인상이 강했다.

하지만 그렇지 않다. 사건은 기라 시 전역에서 일어났고, 방화는 중범죄다.

"훌륭한 추리와 훌륭한 실천."

조금, 얼굴을 찌푸리고 말았다.

내게 그 말은 오지랖의 유의어다. 분명 처음에는 내키지 않았지만 이쓰카이치를 끌어들였을 때부터 나는 이 사건을 즐기고 있었다. 귀찮은 자료 조사도 대가가 있을 거라고 생각하니 힘들지 않았고, 범인이 감쪽같이 덫에 걸려 정체를 드러냈을 때는 실실 웃음이 나와 잠이 오지 않을 정도였다.

공공복지에 도움이 되어 자랑스러웠던 게 아니다. 그저 즐겼을 뿐이다. 오사나이도 그걸 알면서 괜히 심술궂게 말하는 것이다.

한편으로 내가 일방적으로 생각하고 있는 부분도 있었다.

"그래서 오사나이는 정말 어디까지 알고 있었어?"

"나?"

"오사나이가 이 사건에 얽혀 있다는 걸 알았을 때, 이건 대체 누구에 대한 어떤 복수일까 하는 생각부터 들었어. 오사나이가 움직이고 있다면 분명 복수를 위한 거라고 확신하고 있었지."

오사나이는 보란 듯이 뺨을 부풀렸다.

"너무해."

"미안."

"⋯⋯아까도 말했잖아. 난 아무것도 몰랐어. 고바토처럼 확실하게 설명할 수는 없었지만, 방화범은 분명 신문부의 작전을 알고 그 허점을 이용하고 있다고 생각했어. 그래서 신문부가 감시하지 않는 곳을 노려서 잠복했지. 지난달에 방화범으로 의심되는 사람을 발견했어. 너무 멀어서 잡지 못했지만 저 사람이겠거니 싶었지. 내가 할 수 있었던 건 고작 그 정도였어."

나는 잠자코 있었다. 오사나이는 거짓말쟁이 소녀다. 정말 그뿐일 리가 없다.

오사나이도 그런 나의 의심을 알고 억지로 밝은 목소리로 화제를 바꾸었다.

"고바토, 여자친구하고는 어떻게 된 거야?"

뜬금없는 질문이라 무슨 말인지 못 알아들었다.

"나카마루 말이야."

이름을 듣고서야 겨우 기억해냈다. 응, 즐거운 추억이 참
많았지. 나는 웃었다.

"헤어졌어. 아니, 꽤 일방적으로 차였어. 나카마루는 진짜
애인이 따로 있었는데 그걸 알면서도 그전처럼 똑같이 굴었
더니 사람도 아니라는 듯이 불같이 화내더라."

"아, 응, 그건 좀 문제가 있네."

그런가…….

오사나이가 뒷짐을 쥐고 가볍게 바닥을 찼다.

"나도 오늘밤 헤어진 셈일까?"

"그야."

그런 말을 듣고도 태연히 계속 사귄다고 생각한다면 아마
마조히스트가 아닐까. 우리노는 그런 타입은 아닐 것 같다.
오늘밤 새로운 취향에 눈을 뜨지만 않았다면.

그보다 설마, 그게 결별 선언이 아니었다는 건가? 오사나
이가 다시 한번 바닥을 걷어차더니 조금 난처한 표정을 지
었다.

"안 믿을지도 모르지만, 난 정말 우리노를 돕고 싶었어."

그렇게 노골적으로 반응할 셈은 아니었는데, 매서운 눈총을 샀다.

"진짜야."

"어, 응."

오사나이의 입술에서 작은 한숨이 새어 나왔다.

"정말이야. 고백을 받고 기뻤어. 우리노는 왜, 제법 멋지고 자신감이 넘치잖아. 그 자리에서 사귀기로 했어. 난 궁금했거든. 사랑이란 어떤 것일까?"

피가로?

"사랑을 해보려고, 우리노를 뒷바라지했어. 연인이란 그런 건 줄 알았거든. 행동이 마음을 키운다고 생각했어. 제법 잘하고 있었다고 믿었는데.

하지만 내 행동을 우리노가 어떻게 보았는지……. 아까, 고바토가 본 대로야. 내 바람은 헛수고였어. 나는 조금도 바뀌지 않았어."

신문부 뒤에 유난히 오사나이의 그림자가 어른거렸던 이유가 이건가.

하지만…….

오사나이가 남자 뒷바라지를 했다는 것 자체를 믿을 수 없지만, 그 뒷바라지의 내용이 '뒤에서 손을 써서 기사를 쓸 공간을 마련'하거나, '연쇄 방화범의 포위망에서 벗어난 곳을 몰래 감시'하는 것이어서야 당연히 헛수고다. 아무리 생각해도 그건 사랑이 아니다.

아아……. 그런가, 남의 문제는 잘 보이는구나.

뭐, 그래도 그 점에서 나는 자제를 잘했다고 자신한다.

"나도 나카마루가 사귀자고 했을 때 기뻤어. 왜, 알다시피 여자친구는 중학교 때 사귀었던 걔가 마지막이었으니까. 나카마루는 실제로 과분한 아이였어. 내게는 아까울 정도였지."

활발하고 유행하는 화제도 잘 알고 있고, 무엇보다 감정이 풍부했다. 잘 웃고, 때때로 토라지기도 하는 모습이 정말 귀여웠다. 사귀는 상대에게 대놓고 자기는 이상한 사람을 좋아한다고 말하는 구석도 실로 익살스러웠다. 하지만…….

"많은 이야기를 했어. 그랬더니 글쎄, 난처하게도 무슨 말을 할지 다 보이는 거야. '이렇게 이상한 사건이 있었어'라며 이야기를 하는데 그렇게 이상하지가 않아. 그때마다 그런 말을 하면 미움을 살 것 같아 정말 많이 참았어."

"끝까지 참지는 못했구나."

응, 그러니까 그렇게 뒷이야기를 넘겨짚으면 안 된다니까.

"내가 생각해도 제법 눈치 빠르게 행동했어. 다행히 나카마루는 그런 일로 나를 싫어하지는 않았어. 내가 아무리 머리를 굴려도, 기쁘게도 그 자체를 인식하지 못했거든."

나카마루와 보낸 즐거운 나날들에 대해서는 한마디로 요약할 수 있다.

"그건 어떤 기분이었어?"

때마침 오사나이가 그렇게 물어서 매끄럽게 대답할 수 있었다.

"호박에 침주는 기분."

남들보다 먼저 사건의 진상을 맞히는 일은 굉장히 즐거운 한편, 오지랖이라고 반발도 산다. 의외로 강한 그 반발에 나는 겁을 먹고 얌전히 굴기로 했다. 그런 내게 나카마루는 함께 있으면 편안한 상대가 될 예정이었다.

칭찬을 받으면 기쁘고 미움을 받으면 슬프다.

그렇다면 인식조차 못 하는 것은 어떨까? 나카마루와 있을 때 나는 '아니, 잠깐만. 지금 내가 수수께끼를 풀었는데, 뭐 할말 없어?'라고 묻고 싶은 충동을 느꼈다. 말로 하지는 않았지만 그런 불만은 시간과 함께 쌓여갔다.

그래도 그대로 아무 일도 없었더라면 나도 익숙해졌을지 모른다. 어떤 비밀을 어떠한 지혜를 짜내서 풀어내도 '아, 그렇구나'가 전부인 반응에 익숙해지면 내 허영심은 언젠가 지치고 닳아빠져 끝내 사라졌을지도 모른다.

그것도 어쩌면 괜찮은 결말일 것이다.

하지만 내 눈앞에는 연쇄 방화 사건이 있었다. 한편으로 나카마루 역시 내게 불만이 있었다. 나카마루의 인생관으로 볼 때 나는 질투에 미쳐야 했다. 불가능한 일이었다.

그래도 조금은, 인간적으로 문제가 있었는지도 모른다.

오사나이도 말했다.

"호박에 침주기. 그래, 나도 우리노하고 사귀면서 그렇게 생각했던 것 같아."

딱딱한 미소.

"얘 참 시시하다고."

어.

난 그래도 그 정도는 아니었는데.

*

"고바토, 기억해? 작년에 우리가 헤어졌을 때."

"물론. 하지만 두 번 다시 만나지 말자는 말은 하지 않았지."

"응……. 근데 그런 게 아니라. 헤어진 이유도 기억하지?"

고개를 끄덕였다. 당연히 기억한다.

우리가 소시민을 표방하는 것은 근본적으로 자의식 과잉 때문이다. 혼자 있으면 뼈저리게 느낀다. 하지만 오사나이와 함께 있으면 그 비참함이 가벼워진다. 오사나이는 나의 자만심을 용서해주고, 나는 오사나이의 자만심을 용서한다. 상부상조라고 이름 붙인 어린 자아와, 그래도 소시민을 지향한다는 방침이 서로 충돌해, 우리는 더이상 함께 있을 수 없었다.

"그때 말한 건 거짓말이 아니었어. 대충 둘러댄 것도 아니야. 하지만 일 년이 지나니 생각이 조금 바뀌었어."

구두 바닥으로 땅을 긁는 소리. 오사나이가 살짝 다가왔다.

"우리는 그렇게 똑똑하지 않아. 정말 똑똑하다면 실수가 훨씬 적어야 해. 자제할 수 있어야 해. 무엇보다 아무도 상처 입히지 않았을 거야."

"그래. 나도 그렇게 생각해."

하지만…….

"하지만 그렇다고 해서 아주 무능하다는 것도 거짓말이지. 내가 스스로 생각하는 것만큼, 고바토가 스스로 생각하는 것만큼, 우리가 똑똑하지는 않았다고 해도…… 역시 아무 재주도 없다는 건 거짓말이야.

우리노의 어설픈 행동을 보면서 생각했어. 만약 고바토라면 조금 더 능숙하게 처리할 텐데. 그게 단순한 콩깍지가 아니라는 걸 오늘밤 고바토는 증명해줬어."

"나카마루하고 했던 데이트는 즐거웠어. 여자애들 쇼핑은 제법 전략적이더라. 영화를 고르는 것도, 화제를 고르는 것도 정말 즐거웠어. 하지만 내 진짜 관심사는 이쪽이야. 오늘밤 나누고 있는 이런 대화가, 해결편이, 몇 배는 두근거려. 말할 기회를 줘서 고마워. 역시 이쪽이……"

말을 신중히 골랐다.

"체온이 올라가."

달이 눈부시다.

나는 깨달았다. 일 년이나 떨어져 있었는데도, 아무래도 내가 어렴풋이 도달한 결론과 오사나이가 말하려는 결론은 비슷한 모양이다.

'소시민'이란 평범해지기 위한 슬로건. 다시는 고립되지 않기 위한 방침. 나는 쓸모없으니까 그냥 내버려두라는 백기.

그런 슬로건을 삼 년이나 내걸고서야 깨달았다. 정말 평범해지고 싶다면, 마지막 순간에 자아를 꾹 눌러 담는 데 그런 슬로건은 필요 없다. 백기를 흔들수록 본심과의 간극이 군소

가을철 한정 구리킨톤 사건 (하)

리가 된다. 마음속으로 상대를 우습게 보는 마음이 쌓여서 썩어간다.

그게 아니다. 필요한 것은 '소시민'의 가면이 아니다.

단 한 사람, 이해해줄 사람이 곁에 있다면 충분하다.

"일 년이나 걸려서 겨우 제자리로 돌아왔네."

오사나이가 중얼거렸다.

"누가 내 자의식을 깨부수어주길 기다렸는데. 누군가 위에서 자만하지 말라고 말해주기를 기다렸는데. 하지만 이제 끝났어. 오래 기다렸으니까, 이젠 늦었어."

고개를 들었다. 자연스러운 표정이지만, 오사나이의 얼굴은 조금 굳어 있었다.

"난 고바토가 최고의 상대라고 생각하지는 않아. 분명 언젠가 더 똑똑하고 다정한 사람하고 만날 기회가 있을 거야. 난 그날이 올 거라고 믿어.

하지만 고바토, 이 동네에 사는 한, 후나도 고등학교에 다니는 한, 백마 탄 왕자님이 내 앞에 나타나기 전에는…….
내게는 네가 차선책이라고 생각해. 그러니까……."

아무리 내가 인간적으로 문제가 있어도 여자애한테 끝까지 말하게 하는 건 너무 비겁한 짓이다. 한껏 폼을 잡고, 하지만 누가 봐도 다급하게 손을 펼쳐 오사나이의 말을 가로막았다.

"아니, 잠깐만 기다려."

"응."

오사나이가 나를 쳐다보았다.

"나도 똑같은 의견이야. 오사나이에게 내가 그렇다면 최고의 조합이지만, 그렇지 않다고 해도, 일단 지금 한때만이라도⋯⋯."

"응."

"내게는 오사나이가 필요해."

그리고 침묵.

오늘밤은 정말 덥다. 아까보다 더 더워진 것 같다.

부웅, 모기가 끈덕지게 날아들었다.

오사나이가 입가를 가렸다.

조용한 웃음소리가 들려왔다.

나도 웃음이 치밀었다. 한번 새어 나오자 더는 막을 수 없었다. 어두운 공원에서 우리는 소리 높여 웃었다.

오사나이가 웃음을 그칠 줄 모르고 눈가를 훔쳤다.

"우리노였다면 사귀어달라는 한마디로 끝냈을 이야기를 하려고 우리는 얼마나 많은 말을 포개야 하는 걸까? 역시 우리는 생각밖에 할 줄 모르는 걸까?"

나도 계속 웃으며 끄덕거렸지만 그 의견에 전적으로 동의

할 수는 없다.

고민하고 시행착오를 거쳐서 그저 결락과 보완, 수요와 공급을 위해 함께 있기로 결정했을 뿐이라면.

"그래, 고바토. 곁에 있자. 아마 그리 길지는 않겠지만."

그저 그뿐이라면, 지금 이런 기분이 들지는 않을 것이다.

어딘가 멀리서 또 무슨 일이 생긴 모양이다. 바람을 타고 사이렌 소리가 들려왔다. 슬슬 11시가 되어간다.

밤도 깊었으니 그만 돌아가자고 해야 할까, 이 시간에도 열려 있는 맛있는 케이크 가게로 안내해달라고 해야 할까.

이건 신중히 고민해야 할 문제다. 정말, 어려운 문제다.

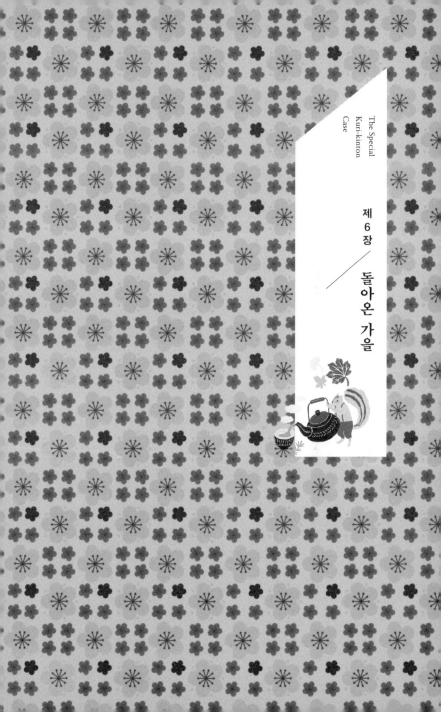

제 6 장 ─ 돌아온 가을

8월 8일(금). 연쇄 방화범이 현행범으로 체포되었다는 소식은 텔레비전에도 나왔다.

히야 유토 용의자는 미성년자이기 때문에 '시내 고등학생 (17)'로 발표되었다.

방화범을 체포한 용감한 소년은 이름을 밝히지 않고 사라졌다고 한다.

"마찬가지로 고등학생이었던 것 같습니다."

경찰에 신고한 행인이 말했다.

그 때문에 괘씸한 소년과 용감한 소년의 모습이 대조적으로 교차 보도되었다.

하지만 기라 시 연쇄 방화 사건은 장기간 대대적으로 보도 될 만큼 흉악한 사건이 아니었다.

사건은 종료되었고, 어이없을 정도로 빠르게 잊혔다.

그렇게 여름방학이 끝나고, 가을이 찾아왔다.


약속 시간까지 교실에서 《월간 후나도》를 읽고 있었다.

2학기 시업식 때도 받지 못했고, 그후로도 한참 소식이 없어 안 나올 줄 알았던 《월간 후나도》 9월호. 한참 지나 잊었을 때쯤 책상에 놓여 있었다. 나는 늦은 이유를 알고 있었으니 그런가 보다 했다. 다른 아이들은…… 교내 신문에 처음부터 관심이 없는 것 같았다.

활약중인 운동부 인터뷰. 원예부 봉사 활동. 기사는 온통 평화롭고, 늘 그렇듯 지루했다. 내 관심사는 당연히 칼럼이었다.

(9월 16일 《월간 후나도》 8면 칼럼)
이 칼럼에서는 올 2월부터 이어졌던 연쇄 방화 사건을 다루어왔습니다. 그 결과를 보고하겠습니다. 8월 8일, 범인이 불을 지르는 현장을 목격한 사람이 신고했습니다. 조금 더 빨리 체포할 수는 없었는지 아쉬움이 남지만 지역이 넓어 어려웠을 겁니다. 신문에 따르면 범인은 "속이 답답해서 그랬다.

(불을 지를 때마다) 친구가 법석을 떠는 게 우스웠다"라고 진술했다고 합니다. 범인이 잘못한 건 말할 필요도 없지만, 옆에서 법석을 떤 사람도 조금은 책임이 있을지도 모릅니다. 그렇다면 이 칼럼도 반성해야 할 점이 있다고 생각합니다. (이쓰카이치 기미야)

몇 번을 읽어도 메마른 웃음만 나왔다.

이쓰카이치도 상당히 울분이 쌓였던 모양이다. "속이 답답해서 그랬다. (불을 지를 때마다) 친구가 법석을 떠는 게 우스웠다"라는 진술은 중앙지에도 실려, 텔레비전 뉴스에서는 "인간관계가 희박한 사회에서 이런 형태로밖에 소속감을 찾지 못하는 현대성이 어쩌고"라고 설명했다.

처음에 그는 지극히 평범한 방화범이었다. 매일 다녀야 하는 학원, 수재라는 부담스러운 기대, 현대성이 어쩌고 하는 이유였을지도 모르지만 장난삼아 불을 질렀다. 한 달에 한 번, 소소한 기분 전환이라고나 할까. 별생각 없이 한 짓이라 초기에는 사건 현장이 도시 서쪽에 집중되었다. 그의 집이 그 부근이었던 것이다.

범행일이 금요일 심야였던 이유는 알고 보니 금요일은 밤 늦게까지 학원 수업이 있었기 때문이었다. 그럴 줄 알았다.

짐작은 하고 있었는데 '여름방학인 8월에는 학원 시간표가 바뀌어 범행 시간도 바뀔 가능성'을 놓쳤다. 이건 내 실수다.

현대사회가 어쩌고 하는 소리는 어려워서 잘 모르겠지만, 히야는 그러다가 우리노가 사건을 기사로 쓰는 게 재미있어 방화를 되풀이하게 된다. 게다가 그 방화는 우리노가 쓰는 기사의 내용을 따르고 있었다. 우리노가 '방재 계획'을 토대로 기사를 쓰고 당당히 발표한다. 히야는 그 기사를 보고 불을 지르고, 아마 '역시 우리노, 또 맞혔네!'라고 말했을 것이다.

말이 좋아 "법석을 떠는 게 우스웠다"지, 히야는 우리노를 완전히 바보 취급하며 조롱했던 것이다. 그렇다면 우리노가 찾아낸 해머 자국도 히야가 우리노를 위해 일부러 만들어낸 것일 가능성이 높다.

어쩌면 히야는 타인이 쓴 가설에 의존해 범행 계획을 세우는, 스트레스 발산조차 자율적으로 하지 못하는 가여운 범죄자였는지도 모른다.

아마 둘 다 맞을 것이다.

우리노는 오래도록 친구에게 바보 취급을 당했고, 여름방학에는 연인이라고 믿었던 소녀에게 호된 소리를 듣고, 이번 달에는 부하라고 생각했던 동급생에게 기사를 통해 비난을 받았다. 지금쯤 이 세상은 어둠 속이라고 생각하고 있을지도 모른다. 얼마 전까지만 해도 자기는 유능한 인재라고 믿었을 텐데. 우리노의 향후를 생각하니 아무래도 안쓰러웠다.

벽시계를 보고 슬슬 자리에서 일어섰다. 손에 들고 있던 교내 신문을 가방에 넣었다. 창밖은 아직 밝다. 바람에는 가을 기운이 묻어나는데 해는 아직도 길다.

복도로 나갔다. 학교에는 아직 남아 있는 학생들이 많아 여러 아이들과 스쳐지나갔다. 대부분 모르는 얼굴이지만 딱 한 사람, 눈이 마주친 순간에 의미심장한 미소를 던지는 소녀가 있었다. 요시구치.

이번 사건에서 요시구치의 소문 수집 능력은 큰 도움이 되었다. 학교에서는 그리 유명하지 않은, 보기에는 평범한 여학생인데 정말 얕잡아 볼 수 없다. 그렇게 생각하면 얕잡아 볼 수 없는 인재는 의외로 사방에 널려 있을지도 모른다. 이 작은 고등학교 안에서 유능한 인재는 성과를 내고 무능한 인재는 사라져간다. 왠지 내 눈에도 세상이 수라장처럼 보이기 시작했지만 문제는 그게 아니다.

요시구치는 이미 나와 오사나이의 재결합을 알고 있는 것이다.

스쳐지나갈 때 요시구치가 중얼거리는 소리를 들었다.

"제법이네!"

요시구치 눈에는 내가 우리노에게서 오사나이를 빼앗은 승리자처럼 보이겠지. 전에는 그래도 상관없었다. 나와 오사나이는 단순히 상부상조하는 사이였으니 그런 소문은 오히려 유리하기까지 했다.

지금은…….

그런 오해는 되도록 퍼지지 않았으면 좋겠다.

그런 생각을 하면서 뺨을 긁적거리며 계단을 내려가자 중앙 현관에서 오사나이가 기다리고 있었다. 벽에 기대 심심한 기색으로 다리를 흔들고 있기에 얼른 달려갔다.

"미안, 기다렸지?"

오사나이는 천천히 고개를 저었다.

"괜찮아. 나, 기다리는 건 좋아하거든."

"오늘은 무슨 일이야?"

문자를 받고 왔지만 무슨 용건인지는 모른다. 대체로 오사나이의 문자는 생략이 심하다. 오늘 문자는 "중앙 4시?"였다. 무슨 말인지는 알아들으니 괜찮지만.

"응, 벚꽃 암자에서 가을철 한정 구리킨톤을 팔기 시작했어. 하지만 그 가게는 혼자 가면 카운터 자리로 안내하잖아? 난 박스석에서 느긋하게 즐기고 싶어……."

나는 머릿수 때우기라는 말인가.

뭐, 이것도 오사나이답다.

전통 찻집 벚꽃 암자에는 한 번 가보았다. 작년 일이다. 그때도 오사나이와 함께 갔다. 언제였나, 나카마루를 데려가려고 한 적이 있었다. 이 부근을 산책했을 때였다. 그때는 어째서 가게에 들어가지 않았더라? 이제는 기억도 잘 안 난다.

낡은 빌딩 1층에 있는 벚꽃 암자는 칠기와 주단이 연상되는 검은색과 붉은색을 기조로 꾸며져 있다. 둘이서 가자 예상대로 웨이트리스가 "저쪽 자리로"하고 박스석으로 안내해주었다.

벽에 "가을철 한정 구리킨톤 판매 개시"라는 종이가 붙어 있다. 이게 그건가 생각하고 있는데 오사나이는 메뉴를 손에 들고 집중해서 쳐다보고 있었다. 어찌나 심각한지 무슨 암호라도 적혀 있는 줄 알았는데, 겨우 손에서 떼고 한숨과 함께 한다는 소리가.

"아이스크림 세트는 다음에 먹어야지."

혼잣말이다. 오사나이라면 구리킨톤과 아이스크림 둘 다 태연히 먹어치울 수 있을 텐데, 무슨 걱정이지? 혹시 오사나이만의 미학이 있는 걸까?

소매가 있는 앞치마를 입은 웨이트리스에게 오사나이가 먼저 주문했다.

"구리킨톤하고 말차 세트 주세요."

"저도 같은 걸로."

한정 상품이라 그런지 구리킨톤 세트는 가격이 상당했다. 뭐, 가끔은 괜찮겠지.

날씨와 모의고사 얘기로 시간을 때웠다. 이윽고 쟁반에 얹힌 구리킨톤 세트가 나왔다. 말차가 담긴 찻잔은 분명 시로시노*라고 부르는 도자기였던 것 같은데. 사각 칠기 접시에 얌전히 놓인 구리킨톤 두 알. 차분한 노란색으로 알이 굵다. 질끈 묶은 찻수건처럼 맞물린 주름이 앙증맞다. 흑문자 나무로 만든 화과자용 이쑤시개가 함께 나왔다. 확실히 스푼이나 포크보다 이쪽이 운치가 있다.

"아아, 이걸…… 얼마나 기다렸는지."

그렇게 사막에서 물 한 방울 얻은 것처럼 만감을 표현하지 않아도.

"그렇게 기다렸어?"

"응. 전에 말했을 때부터 계속 먹고 싶었어."

"전에?"

---

* 하얀 유약 바탕에 자연스럽게 나타나는 붉은 점들이 특징적인 찻잔.

가을철 한정 구리킨톤 사건 (하)

구리킨톤 얘기를 한 적이 있었나? 고개를 갸웃거리자 이쑤
시개를 든 오사나이가 손을 뚝 멈췄다.

"아, 미안. 얘기한 적 없네."

아하. 그러니까 그 이야기를 들은 건 우리노란 말이렷다.

전에 나카마루가 카페를 잘 아는 내게 화낸 적이 있었다.
무신경하다고 했다. 직접 당해보니 화가 날 정도는 아니지만
은근히 찜찜하기는 하다.

나는 일단 말차를 마셨다. 오사나이는 고대했다는 듯이 구
리킨톤을 먼저 먹었다. 한 알을 반으로 잘라, 이쑤시개로 찍
어 입으로 가져갔다.

"하아……."

황홀한 표정이다. 지금이라면 공격할 수 있겠는데. 그런
위험한 생각이 들 정도로 무방비한 웃음이다.

나도 똑같이 따라서 한 알을 반으로 잘라 입에 넣었다.

아아, 정말…….

훌륭하다. 밤의 풍미가 입안에 확 퍼졌다. 텐진 단밤은 흔
히 먹지만, 이 구리킨톤을 먹어보고 나서야 비로소 평소 먹던
텐진 단밤의 맛이 밋밋하다는 걸 깨달았다. 강렬하고 묵직한
맛이 아니라 굳이 표현하자면 아련한 풍미인데도 자연히 미
소가 퍼질 정도로 맛있다.

단맛은 강하지 않지만 그렇다고 달지 않은 것도 아니다. 어찌나 매끄러운지 입속에서 도르르 굴리고 싶을 정도다. 촉촉한데 입에 달라붙지 않고, 사르르 부서지는데 껄끄러운 느낌이 전혀 없다. 일반적인 서양과자와 달리 지방분이 없어서 그런지 텁텁한 느낌도 전혀 없었다.

나는 어쩌면 원래 서양과자보다 화과자가 더 입에 맞는지도 모른다. 오사나이가 알려준 디저트 중에서도 이건 으뜸을 다투는 일품이다.

"굉장해……."

오사나이가 그렇게 중얼거리더니 말차를 마셨다. 그리고 겨우 의식을 되찾은 것처럼 눈에 초점이 돌아왔다.

"이렇게 맛있었나?"

"평소보다 더 맛있어?"

"응. 올해는 풍작인가 봐. 이제부터 제철이니까 더 맛있어질지도."

남은 구리킨톤 반쪽을 다시 반으로 잘라 음미하고 계신다. 그 심정은 이해한다. 통째로 꿀꺽 삼키기에는 아깝다.

이윽고 내 접시에서도 오사나이의 접시에서도 한 알이 사라지고 한 알이 남았다. 동시에 찻잔을 들었다.

나는 보았다. 찰나에 지나지 않았지만 오사나이가 내 구리

가을철 한정 구리킨톤 사건 (하)

킨톤을 날카롭게 쏘아보는 것을. 노리고 있다. 만약 내가 지금 화장실에라도 간다면 돌아와서 빈 접시를 보게 될 것이다. 슬그머니 쟁반을 끌어당기자 그것만으로도 나의 견제는 전달되었다. 오사나이가 작은 한숨을 쉬며 찻잔을 내려놓았다.

"고바토, 구리킨톤은 어떻게 만드는지 알아?"

전에 텔레비전 정월 특집인가 어디서 본 것 같은데. 가물가물한 기억으로 말했다.

"설탕물에 삶는 거 아냐?"

"그건 정월 잔치 음식이고……."*

또 사냥감을 노리는 늑대의 눈으로 내 구리킨톤을 보고 있다.

"그게 삶은 단밤처럼 보여?"

듣고 보니 이건 그냥 밤을 삶은 게 아니다. 빻아서 찻수건 모양으로 반죽한 것이다. 하지만…….

"똑같이 생긴 화과자를 무라마쓰야에서 구리차킨栗茶巾이라는 이름으로 팔았던 것 같은데."

그렇게 중얼거렸더니 오사나이가 대뜸 반박했다.

---

* 진득하게 끓인 설탕물에 밤을 넣고 말랑해질 때까지 졸여서 만드는 정월 음식도 구리킨톤이라고 부른다.

"그건 그거, 이건 이거."

똑같은 거 아닌가······. 뭐, 이름이 다양한가 보다.

"이건 삶은 밤을 잘 빻아서 설탕을 넣고 약한 불로 덖은 다음 밤에서 나오는 물기만으로 반죽해서 삼베로 싸 모양을 내어 만드는 거야. 어때, 간단하지?"

"듣기에는."

"정말 간단해. 밤만 있으면 집에서도 만들 수 있어. 하지만······."

또, 또, 내 접시를 보고 있다. 아직 자기 접시에도 남아 있는데!

"이렇게 맛있게는 안 돼. 뭔가 비결이 있나 봐."

뭔가 있기는 하겠지. 단순히 밤과 설탕의 품질 문제일지도 모르지만 다른 첨가물이 있다면 일반인들은 알 길이 없다.

오사나이가 내려놓았던 이쑤시개에 손을 뻗었다. 이윽고 자기 접시에 시선을 돌리나 했더니 직전에 손을 거두고 조금 흥분이 가라앉은 얼굴로 나를 보며 물었다.

"그럼 마롱글라세 만드는 법은 알아?"

나는 솔직히 대답했다.

"마롱글라세가 뭔데?"

이 대답은 예상하지 못했던 모양이다. 말문이 막힌 기색으로 오사나이가 고개를 갸웃거리며 가르쳐주었다.

"음, 서양의 구리킨톤이라고나 할까."

"헤."

"밤을 그대로 이용하는 디저트라는 점에서는 비슷해. 하지만 구리킨톤하고는 만드는 법이 완전히 다르거든."

나는 잠자코 뒷말을 기다렸다. 달콤한 디저트 이야기를 할 때, 오사나이는 행복을 느낀다. 방해할 수는 없다.

"밤을 삶아서 껍질을 벗기고 시럽에 재워. 그러면 설탕이 밤을 감싸. 그러면 또 조금 더 진한 시럽에 재워. 설탕 위에 설탕이 붙지. 또 조금 더 진한 시럽에 재워. 그렇게 몇 번이고 반복하는 거야."

일본에서도 검은콩을 삶아서 그렇게 조금씩 진한 설탕물에 재우는 간식이 있지 않나? 정월 요리를 해본 적이 없어 장담은 못 하겠지만.

"하지만 정말 중요한 건 표면의 설탕옷이 아니야. 그건 그냥 설탕이지. 하지만 그렇게 옷을 입혀가다 보면."

시선이 얽혔다.

"밤 자체가 어느새 달콤해져."

……정말?

나도 찻잔을 내려놓았다.

"밤이 꼭 달아야만 해?"

"꼭 그럴 필요는 없겠지. 하지만 역시 떫잖아. 어쩌면 그 맛을 좋아하는 사람도 있을지 모르지만."

"누구나 먹기 쉽도록 단맛을 가미하는 거구나."

"응."

오호라.

그냥 먹기에는 떫은 밤을 누구나 사랑하는 디저트로 만드는 방법.

삶아서 곱게 빻아 반죽해서, 설탕을 넣어 닦은 게 구리킨톤.

조금씩 진한 시럽에 재워 어느새 알맹이까지 달콤해지는 게 마롱글라세.

잘 알겠다.

오사나이가 어쩐지 울적한 표정으로 물었다.

"고바토는 어느 게 좋아?"

하고 싶은 말은 알겠는데, 난처하게도 내가 할 수 있는 대답은 하나뿐이다. 살짝 익살을 떨며 말했다.

"마롱글라세는 먹어보질 못해서."

오사나이는 내가 그렇게 말할 줄 알았는지 생긋 웃었다.

"다음에 먹게 해줄게."

그리고 이쑤시개를 들어 두 번째 구리킨톤을 반으로 갈랐다. 구리킨톤은 반쪽이 났지만 접시 위에서 쓰러지지 않았다.

잘 알겠다. 그대로는 떫은 자칭 소시민이 사람들 사이에 녹아들기 위한 방법.

시럽처럼 달콤한 연인 곁에서, 설탕옷을 겹쳐 입어 자기도 달콤해지려는 것도 한 가지 방법. 오사나이는 그것을 기대했다고 확실히 말한 바 있다.

하지만 결국 그 방법은 실패했다. 마롱글라세 방식은 실패였다.

우리는 한번 삶아서 빻기 전에는 변하지 못한다. 몇 번이나 빻아서 체로 걸러냈을 텐데도 아직 거칠었던 모양이다.

사랑스러운 구리킨톤. 용케 이토록 맛있게 변하는구나.

그러고 보니 나도 하고 싶은 말이 있었다. 마침 좋은 기회니 지금 말해버리자.

"그런데 한 가지 물어봐도 될까?"

"응. 뭔데?"

둘로 갈라진 구리킨톤을 다시 네 조각으로 가르려고 이쑤시개를 살짝 들고 있던 오사나이. 하필 지금 말을 걸다니, 노골적으로 불만스러운 표정이다. 방해해서 미안해, 빨리 끝낼게.

"응. 저번에 가미노마치 고가 밑에 가봤어. 그래서 전철이

올 때까지 기다렸어. 그랬더니 시끄럽긴 했는데 못 참을 정도
는 아니었어."

"다행이네. 시끄러운 걸 잘 참는 사람은 대학 가서 자취를
해도 방값이 덜 든대."

"그렇겠다. 하지만 내가 하고 싶은 얘기는 하숙집 방값이
아니라, 그날 밤 일이야."

이쑤시개를 든 채로 오사나이가 눈길만 내 쪽으로 돌렸다.

"그날 밤?"

"응. 5월 방화 사건이 있었던 밤."

오사나이는 바로 구리킨톤으로 시선을 돌렸다.

나는 말했다.

"우리노는 그날 오사나이가 가미노마치에 있었다는 걸 논
증했어. 오사나이는 사건 발생을 금요일로 착각했지. 현장
에는 고장 난 시계가 있었고, 그걸 보면 요일을 착각하게 돼.
그러니까 오사나이는 현장에 있었던 셈이지. 오사나이는 우
리노를 시시하다고 평가했고, 나도 우리노를 높게 평가하지
는 않아. 하지만 요행일지 몰라도 그 시계 추리만큼은 나쁘지
않았어. 실제로 오사나이는 거기에 있었으니까."

오사나이는 이쑤시개를 신중하게 눌렀다. 정확하게 네 조
각으로 잘린 구리킨톤이 꽃잎처럼 활짝 벌어졌다.

"그렇지만 우리노는 이런 말도 했어. 그날 밤, 오사나이의 전화를 받았고 전철 소리가 시끄러워서 얘기를 못 했다고. 고장난 시계로 논증이 끝났으니 우리노는 전철 소리를 대수롭지 않게 여겼지. 하지만…….

전철 소리가 났으니까 선로 옆에 있었다, 사건 현장은 선로 옆. 그러니까 오사나이는 사건 현장에 있었다. 만약 시계가 멈춘 줄 몰랐다면 우리노는 아마 그렇게 주장했을 거야."

오사나이는 네 조각으로 잘린 구리킨톤 중 한 조각을 이쑤시개로 푹 찔러 가만히 입에 넣었다.

"다시 말해 우리노는 전화 너머로 들린 전철 소리라는 유력한 단서가 있었어. 하지만 실제로 전철은 그렇게 시끄럽지 않았지. 사소한 일이지만 그게 조금 마음에 걸렸어."

오사나이는 아무 말도 하지 않았다. 말할 생각이 있어도 지금은 구리킨톤을 음미하느라 바쁜 듯했다. 가능하다면 여기서 오사나이가 설명해주면 좋을 텐데. 어쩔 수 없으니 그냥 말했다.

"그래서 생각해봤어. 오사나이는 현장에 있었다, 이건 사실. 전철 소리 때문에 통화가 어려웠다, 이것도 사실. 그렇다면 거짓은 소리밖에 없어. 소리는 간단히 조작할 수 있어. 작은 테이프레코더 하나로 금방 틀 수 있지. 아니면 그리 멀지 않으니 기라 역 플랫폼으로 달려가서 전철을 기다려도 돼.

하지만 그럼 새로운 의문이 생겨. 오사나이는 무슨 목적으로 휴대전화 마이크에 테이프레코더를 갖다 댔을까?"

밤의 맛을 음미했는지 오사나이가 짧은 한숨을 쉬었다. 그리고.

"테이프레코더는 이제 고물이야."

작년 여름방학 때는 테이프레코더도 썼으면서…….

뭐, 그건 넘어가자.

"이유는 '오사나이가 가미노마치에 있다고 우리노가 믿도록 만들기 위해서'지?"

또 대답이 없다. 오사나이는 먹기 시작하면 속도가 빠르니까. 또 한 조각을 입에 쏙 넣고 있다.

나는 이야기가 끝난 다음에 천천히 즐길 생각이다. 지금은 말차로 목만 축였다.

"우리노는 그 전화 통화를 기억하고 있었어. 그리고 나중에 생각한 거지. '어쩌면 오사나이가 방화범이 아닐까? 그러고 보니 5월의 그 전화는 이상하지 않았나? 아아, 세상에. 생각해보면 알 수 있는 일인데. 그날, 오사나이 유키는 사건 현장에 있었어!'"

연기가 조금 과했나 보다. 슬쩍 올려다보는 오사나이의 시선이 유난히 차갑다.

헛기침.

"다시 말해 전화로 들은 소리는 우리노가 오사나이를 범인으로 지목하게 만들기 위한 유도 장치였다고 생각해볼 수있어."

"맛있어……."

"오사나이는 어떤 이유로 우리노에게서 '범인은 바로 너!'라는 말을 끌어내려 했어. 그런 다음 실제로 여름방학 때 그런 것처럼 모질게 반박하고 싶었지. 그건 말할 필요도 없이 우리노의 자존심을 박살내는 행위야.

우리노의 자존심은 실력이 수반되지 않는 반쪽짜리였어. 언젠가 필연적으로 큰코다쳤겠지. 적당한 충고였다면 오히려 다정한 교훈이 되었을지도 몰라. 하지만 오사나이의 행동은 도가 지나쳤어. 그냥 충고가 아니었어."

최고의 디저트와, 즐겁고 스릴 넘치는 대화.

이런 방과후에는 역시 근사하다는 표현이 걸맞다.

나는 오사나이를 믿는다. 오사나이가 신문부 뒤에서 암약했다는 사실을 알고 난 뒤에, 그것은 무언가에 대한 복수라고 생각했다. 오사나이는 이렇게 설명했다. 사랑이란 어떤 것일까 궁금했다, 그래서 뒤에서 손을 써서 우리노를 도왔다.

아마 사실이겠지. 하지만⋯⋯.

"사건을 정리해보면 알 수 있는 사실인데, 오사나이의 행동은 5월을 경계로 바뀌었어. 그때까지는 그림자처럼 우리노를 도왔을지도 모르지. 하지만 5월 이후에는 변했어. 우리노가 오사나이를 고발했을 때, 논거는 전부 5월 이후에 있었던 일들뿐이었어."

세 번째 조각을 입에 넣은 오사나이가 이윽고 고개를 들어 내 눈을 빤히 바라보더니 고개를 한 번 끄덕였다.

내 말의 어느 부분을 긍정한 건지는 잘 모르겠다.

"5월, 아니면 4월에 오사나이는 마음이 바뀌었어. 그리고 우리노에게 복수할 준비를 했어. 그건 언젠가 빗나간 추리를 하도록 만드는 거였지."

내가 궁금한 건 하나뿐이다. 나는 몸을 살짝 내밀고 물었다.

"가르쳐줘⋯⋯. 우리노는 뭘 잘못한 거야?"

오사나이의 사각 접시에는 구리킨톤이 4분의 1조각 남아 있다. 그 마지막 한 조각에 이쑤시개를 뻗던 오사나이가 손을 멈추었다. 고개를 갸웃거리더니 손을 거두고, 시선을 들었다.

시선 끝에 목표물은 하나. 내 구리킨톤.

말없이 교섭을 강요하고 있다. 아차, 이야기할 타이밍을 잘못 짚었다. 거래 재료를 남겨두고 요구를 하다니 내가 서툴렀다. 나는 차마 떨어지지 않는 손길로 사각 접시를 조용히 내밀었다.

거기에 만족했는지 오사나이가 살짝 고개를 끄덕이더니 말차를 한 모금 마셨다.

그리고······.

"고바토라면 분명 이해해줄 줄 알았어."

내 구리킨톤을 거두어갔다.

"맞아. 난 고등학교에 들어온 뒤로 처음으로 진정한 복수를 했어. 봄철 한정 딸기 타르트 사건은 기껏해야 분풀이 정도였고, 여름철 한정 트로피컬 파르페 사건은 방어 수단이었어. 복수란 그런 게 아니야.

복수란 상대에게 패배감을 심어주고 자기 행동이 어리석었다는 걸 깨닫게 해서 본인이 진심으로 무력하다고 믿게 만드는 거야.

난 내가 거짓말쟁이에 나쁜 아이라는 걸 알아. 이런 짓까지 하는 건 나도 내키지 않아. 이번에는 그럴 수밖에 없었으니까 그런 거야. 평소에는 이런 짓 안 해."

내게는 나만의 미학이 있다. 오사나이에게는 오사나이만

의 미학이 있을 것이다. 우리가 다시 함께 행동하더라도 서로의 미학을 이해하려면 시간이 조금 더 필요하다.

할 수 있을까? 졸업까지는, 앞으로 반년.

"우리노는 대체 어떤 용서받지 못할 짓을 한 거야?"

"절대 용서할 수 없는 짓이었어. 뭐냐면……."

손대지 않은 구리킨톤을 앞에 두고, 오사나이가 살포시 웃었다.

"나한테, 멋대로 키스하려 했거든."

**김선영**

한국 외국어 대학교 일본어과를 졸업했다. 다양한 매체에서 전문 번역가로 활동했으며 특히 일본 미스터리 문학에서 왕성한 활동을 하고 있다. 옮긴 책으로는 『봄철 한정 딸기 타르트 사건』, 『여름철 한정 트로피컬 파르페 사건』, 『야경』, 『엠브리오 기담』, 『쌍두의 악마』, 『인형은 왜 살해되는가』, 『살아 있는 시체의 죽음』, 『손가락 없는 환상곡』, 『고백』, 『클라인의 항아리』, 『열쇠 없는 꿈을 꾸다』, 『완전연애』, 『경관의 피』, 『흑사관 살인 사건』 등이 있다.

# 가을철 한정 구리킨톤 사건 (하)

**1판  1쇄**  2017년  4월 17일
**1판 10쇄**  2024년 10월 30일

**지은이**  요네자와 호노부
**옮긴이**  김선영

**책임편집**  지혜림 ┃ **편집**  임지호
**아트디렉팅**  이혜경 ┃ **본문조판**  백주영 ┃ **일러스트**  박경연
**저작권**  박지영 형소진 최은진 오서영
**마케팅**  정민호 서지화 한민아 이민경 왕지경 정경주 김수인 김혜원 김하연 김예진
**브랜딩**  함유지 함근아 박민재 김희숙 이송이 박다솔 조다현 정승민 배진성
**제작**  강신은 김동욱 이순호 ┃ **제작처**  인쇄 한영문화사 제본 경일문화사

**펴낸곳**  (주)문학동네 ┃ **펴낸이**  김소영
**출판등록**  1993년 10월 22일 제2003-000045호

**주소**  10881  경기도 파주시 회동길 210
**문의**  031-955-2637(편집) 031-955-8896(마케팅) 031-955-8855(팩스)
**전자우편**  elixir@munhak.com ┃ **홈페이지**  www.elmys.co.kr
**인스타그램**  @elixir_mystery ┃ **X(트위터)**  @elixir_mystery

ISBN 978-89-546-4507-2 04830
      978-89-546-4025-1  (세트)

엘릭시르는 문학동네의 장르문학 브랜드입니다.